शाम्भवी

“मैं एक बेहद साधारण इंसान हूँ। साधारण की धारणा से आसक्त हूँ।”

जन्म: 26 मार्च 1985, प्रयागराज, उत्तर प्रदेश

रचनाएँ: कस्तूरी मृग की दुर्गन्ध (कहानी-संग्रह: ई-बुक, अमेज़न)

संपर्क: shambhavi.at@gmail.com

प्रथम संस्करण: 2023

ISBN: 979-8-88975-589-0

मूल्य: ₹ 110/-

प्रकाशक: प्रतिबिम्ब, नोशन प्रेस का उपक्रम
संपर्क: नोशन प्रेस,
7, मांटिएथ रोड
एग्मोरे, चेन्नई, तमिलनाडु – 600008

Melodies Of A Whale
Novella by Shambhavi

मेलडीज़ ऑफ़ अ व्हेल

शाम्भवी

प्यारे बिल्ले पेंचू के लिए

अनुक्रम

मेमने

काले महीन रेशों से लदा मेमने का कटा हुआ सर एक बार मुँह खोलता, फिर बंद कर लेता। मानो किसी मूक-बधिर बच्चे की भाँति 'आ' अक्षर का बारंबार अभ्यास कर रहा हो, हर चार सेकंड के अंतराल पर। आँखें, आँसुओं की नालियाँ बहा, सामने धरती पर बेजान पड़े धूल-धूसरित धड़ की ओर टुकुर-टुकुर ताक रही थीं। एकाएक कटे हुए सर ने ज़मीन पर टप्पे खाने शुरू कर दिये। किसी फुटबॉल की तरह उछल रहा था, कूद रहा था, धड़ से जुड़ जाने की आतुरता में। पर लाख मगज-तोड़ कोशिशों के बाद भी, डेढ़ मीटर का सफ़र तय नहीं कर पा रहा था और एक ही जगह उछलता जा रहा था। मानो जीवन-चक्र पुनः चलाने की चाह में समय-चक्र में फँस गया हो...

मुट्ठियाँ भिंचने से चादर के कुछ हिस्से, दोनों हथेलियों में क़ैद हो, कसमसा उठे। सर की धड़ तक ना पहुँच पाने की बेबसी को वह सपने में व्यक्तिगत रूप से भोग रही थी।

"आ...ह," आरोही के गले से घुटी हुई चीख़ निकली।

आँखें खुली। नींद खुलने के बाद जैसे ही बोध हुआ, "शुक्र है, सपना था", इतना भारमुक्त महसूस हुआ जैसे प्रेस-वाले ने लोहे की इस्तरी सीने पर रख, उठा ली हो।

साइड-टेबल पर रखा फ़ोन उठा कर देखा। 3.09, Fri, 27 February। चादर अपने कर्म से छुट्टी ले, पैरों के पास सुकड़, सुस्ता रही थी। "मैं ठंडा हूँ या गरम?" इस उहापोह में पड़ा राजधानी दिल्ली का मौसम आइडेंटिटी क्राइसिस से गुज़र रहा था।

आरोही ने कंधों से बालों का पर्दा उठा क्लच-पिन से बांधा और बैठ गयी। बगल में सोया पुनव ऐसे खरटि ले रहा था मानो शहनाई और नगाड़े की जुगलबंदी चल

रही हो। वह बड़बड़ायी, "इसके बगल में मेरा मर्डर भी हो जाये तब भी नाक बजाता सोता रहेगा।"

उसने रिकॉर्डर ऑन कर, फ़ोन पुनव की नाक के नीचे रख दिया। कोई 20-22 सेकंड तक खर्राटों की बारात रिकॉर्ड कर उसके कान में चीख़ पड़ी, "बचाओsss!"

पास से फेंकी गयी चीख़, किसी भूकम्प की भाँति, पुनव के कानों की दरों-दीवारें दहला गयी।

"क...क्या हुआ?" वह कसमसा उठा। सिरहाने रखा अपना चश्मा टटोला और पहन कर उठ बैठा।

"कुछ नहीं," आरोही ने उदासीन हो जवाब दिया।

"तो चीखी क्यों?" कान में ऊँगली डाल हिलाता वह पूछ उठा।

"देख रही थी कि तुम अपने खर्राटों के शोर में कुछ सुन पाते हो कि नहीं। बस।"

"खर्राटि? ओह प्लीज़, मैं खर्राटि नहीं लेता।"

"ओह प्लीज़! इतनी तेज़ लेते हो जैसे बगल में बोरवेल की खुदाई चल रही हो।"

"बस? इतना ही? लैंडमाइन नहीं फटते?" दाढ़ी खुजलाता पुनव, उनींदा हो, ज़िद पर अड़ा रहा।

"मुझे पता था तुम मुकर जाओगे। ये लो..." आरोही ने फ़ोन में कुछ देर पहले रिकॉर्ड किया गया खर्राटों का लयबद्ध कोलाहल सबूत के तौर पर पेश कर दिया। खर्र-खर्र-बुर्र-खर्र-पींsss-बुड़-बुड़-बुड़ का ऑर्केस्ट्रा सुन शर्मिंदगी ने पुनव के मुँह पर पैर पसार लिये।

"छी यार, ये मैं हूँ?"

"नहीं, नीचे आंटी के पास गयी थी रात के 3 बजे," आरोही का इशारा फ़र्स्ट फ़्लोर पर अकेली रह रहीं आशा आंटी की ओर था।

"यार, जिस दिन ज़्यादा थक जाता हूँ, उस दिन हो जाता है।"

"बस? साइनस वाली थ्योरी आज नहीं गिनाओगे?" वह हँसते हुए बोली।

"चलो सो जाओ, साढ़े तीन बज रहे हैं यार।" पुनव ने फ़ोन उठा कर देखा।

"रोज़ ही बजते हैं। पूछोगे नहीं मैं चीखी क्यों?"

"बताया तो तुमने। देख रही थी कि खर्राटों के शोर में मैं बहरा तो नहीं हो जाता।"

"उसके पहले एक बार और चीखी थी।"

"अच्छा, क्यों?"

"एक सपना देखा। उठी तो याद आया चेतना में ऊँघ रही एक याद से जुड़ा है। मैं कोई 5-6 साल की थी उस समय। घर के बरामदे में अकेली खेल रही थी। तभी घर के सामने वाले पार्क के अंदर जाता एक हुजूम दिखायी दिया। कौतुहल हुआ- पर 'जाऊँ-कि-नहीं', इसी उधेड़बुन में मैंने कुछ समय बरामदे में ही बर्बाद कर दिया। 'चलती हूँ' सोच जब वहाँ पहुँची, तो देखा पार्क के बांये हिस्से में क़रीब 30-40 आदमियों की भीड़ जमा थी। लम्बी-आदम-टाँगें मेरे इर्द-गिर्द खम्बों का चक्रव्यूह बना रहीं थीं, जिसे भेद कर मुझे उस जगह पहुँचना जहाँ 'कुछ' हो रहा था। किसी तरह ठेल-ठाल, मानव-श्रृंखला पार कर आगे पहुँची, तो एक अजीब दृश्य देखा। ज़मीन पर एक बकरी के बच्चे का सर कटा हुआ रखा था। ख़ून के छींटे उसके सफ़ेद मुँह पर पोल्का डॉट्स जैसे लग रहे थे। माथे पर लाल-पीले सिंदूर का टीका लगा था। कटे सर की खुली आँखों के ठीक सामने, कटा हुआ धड़ पड़ा हुआ था। हैरत की बात है कि उसका जबड़ा ऊपर-नीचे हो रहा था। मैं उसे देखती रह गयी। समझ नहीं आ रहा था वो ज़िंदा है या मर गया? अगर मर गया तो उसका मुँह कैसे हिल रहा था?"

"कभी-कभी मांसपेशियों में ऐंठन की वजह से मरने के बाद भी बॉडी पार्ट्स हिलने लगते हैं। शायद इस वजह से..."

"Sad! It's such a dark place to be in, where you don't even know you are alive or dead..."

"It is indeed! अच्छा चलो, सो जाओ। कल डॉक्टर के पास भी जाना है सुबह।"

आरोही ने चादर को आदेश दिया, "चलो, ब्रेक ओवर," और उसे शरीर पर तान, पुनः कर्म की राह दिखायी। फिर पुनव के सीने पर अपना सर रख दिया। पुनव

ने उसके आस-पास बाहों का घेरा डाल दिया। कुछ पल इसी अवस्था में रहने के बाद दोनों बिस्तर के अपने-अपने हिस्सों में चले गये। दोनों को एक साथ, अकेले-अकेले सोना पसंद था।

...

अगली सुबह, ठीक 9 बजे, दोनों डॉक्टर सताक्षी आहूजा की ग्रेटर कैलाश स्थित क्लीनिक पहुँच गये। वेटिंग रूम में दीवार पर टंगी टीवी हेडलाइन्स बाँच रही थी, 'रूस के राष्ट्रपति व्लादिमीर पुतिन के मुखर आलोचक बोरिस वाई. नेम्सोव की मॉस्को में गोली मारकर हत्या', 'पूर्व प्रधानमंत्री अटल बिहारी वाजपेयी को भारत रत्न से नवाजा गया'...

अल्ट्रासाउंड होने के बाद दोनों डॉक्टर के सामने बैठ गये।

"कंग्रेचुलेशंस आरोही, ट्विन्स हैं।" डॉक्टर आहूजा बोल कर मुस्कुरा उठीं। उनके चेहरे और व्यक्तित्व में वही सौम्यता और शिष्टता थी जो बचपन से शास्त्रीय संगीत की साधना करने वालों के चेहरों पर पायी जाती है।

"एकदम अनुराधा पौडवाल लगती हैं," शक्लें मिलाने का खेल आरोही मन ही मन बख़ूबी खेलती थी।

"ओह, वंडरफुल न्यूज़, डॉक्टर," पुनव चहक उठा। आरोही के चेहरे पर भी अपने बच्चों पर सर्वस्व न्योछावर कर देने वाली माँ की मुस्कान थी।

"अभी छठा हफ़्ता है। बहुत ध्यान रखना है। यू आर 36। लेट प्रेगनेंसी में शुरू के कुछ हफ़्ते बहुत क्रिटिकल होते हैं।"

दोनों मुस्कुराकर बाहर निकल आये।

कार में बैठते ही पुनव बोल उठा, "यार! कैसे होगा सब?"

"ओह, वंडरफुल न्यूज़, डॉक्टर," आरोही पुनव की नक़ल उतारते बोली, "वहाँ तो बड़ा उछल रहे थे।"

"अब डॉक्टर के सामने छाती पकड़ कर तो नहीं बैठ सकते थे ना? और तुम? ममताभरी मुस्कान ओढ़ कर निरूपा रॉय नहीं बनी जा रही थी?"

"निरूपा रॉय? बिलकुल नहीं! लीला चिटनिस कहो। और वहीं छाती पकड़ कर बैठ जाती तो डॉक्टर मुझे ललिता पवार ना समझ लेतीं?"

"एक ही बच्चे के लिए तैय्यार होने में पाँच साल लग गये, और यहाँ दो-दो? सब बदल जायेगा यार। है ना?" पुनव ने एक गहरी साँस छोड़ी।

"अब जो है सो है। ज़िंदगी वैसे भी हमेशा एक जैसी तो नहीं रहने वाली। मेलोड्रामा छोड़ो। *इट इज़ व्हाट इट इज़।*"

"हम अच्छे पेरेंट्स बनेंगे ना?"

"अच्छे या बुरे, ये तो पता नहीं, पर कंट्रोलिंग पेरेंट्स बिलकुल नहीं बनेंगे। बच्चे हमारे लिये कोई प्रोजेक्ट नहीं होंगे, इतना तो पता है। *वी विल लेट देम 'बी'। बस।"*

"पर यार, बच्चों के सामने स्मोक-अप कैसे करेंगे? हर समय अपने बेस्ट बिहेवियर में रहना होगा। शिट, घर में पूरे कपड़े भी पहनने पड़ेंगे," पुनव के चेहरे पर मायूसी थी। उसे घर में पूरे कपड़े पहनने से सख़्त नफ़रत थी।

"ग्रेट! यहाँ मेरा शरीर नौ महीने के लिये खच्चर बनने वाला है तुम्हें गाँजे और नंगे रहने की पड़ी है?" दाँत चबाते हुए आरोही बोली।

पुनव हंस पड़ा और उसके गाल खींच लिये।

"आउच!! इतनी तेज़ गाल मत खींच करो यार।"

"ओके, सॉरी" कहकर पुनव ने फिर से उसके गाल खींच लिये। उसकी ढिटाई देख आरोही को भी हँसी आ गयी।

ग्रेटर कैलाश से ईस्ट ऑफ कैलाश पहुँचने में ज़्यादा वक़्त नहीं लगा। आरोही को घर छोड़, पुनव ने ऑफ़िस की राह पकड़ी।

• • •

अप्रैल की तपन ने मौसम को आइडेंटिटी क्राइसिस से उबार लिया था और वह गर्व से अपने गरम होने का समाचार बाँच रहा था।

मेमने का कटा हुआ सर, जबड़ा हिला रहा था। एकाएक लगा उसके गले में कुछ फँस गया है। अगले ही पल उसके जबड़े-द्वार से एक सफ़ेद मेमने का सर निकला

और ख़ामोशी से आ-आ करने लगा। वहीं, ज़मीन पर पड़े बेजान धड़ का पेट चीर एक टाँग बाहर आयी, फिर दूसरी। धीरे-धीरे एक पूरा सफ़ेद धड़ ही बाहर आ गया। सर-विहीन धड़ दो क़दम चला और धम्म से गिर गया। दोनों कटे हुए सर अपने-अपने धड़ों को घूरे जा रहे थे।

सपना टूटा। आरोही चीख़ कर खड़ी हो गयी। इस बार चीख घुटी हुई नहीं थी और पुनव के खर्राटों को भेद, सीधे कान के परदों को रेगमार काग़ज़ की तरह रगड़ गयीं। झटपट उठ उसने लाइट जलायी।

बिस्तर की बायीं ओर आरोही थोड़ा झुककर खड़ी थी। नीचे ख़ून का तालाब फैला हुआ था और साथ ही माँस के दो क्षत-विक्षत लोथड़े, रक्त-तालाब में, चूहे के बच्चों जैसे, फ़र्श पर गिरे हुए थे......

परछाइयों का महल - 1

दोनों साझा-किरायेदार, बारह हफ़्ते की अल्पावधि में, कोख का कमरा छोड़ गये।

कैलेंडर आधे जून को निगल चुका था। शाम का स्याह आसमान, धरा के गरम तवे पर, किसी डोसा बनाने वाले की भाँति, ठंडी बूँदों के छींटें छिड़क रहा था। पूर्णिमा का चाँद और तारे अंतर्मुखी हो, बादलों की ओट में लुक-छिप, बूँदा-बांदी के इस प्राकृतिक संगीत समारोह का आनंद ले रहे थे।

कुछ देर टेरेस पर बिता आरोही लिविंग रूम में आयी और बेंत के सोफ़े से सर टिका, आँखें बंद कर ली। दायीं ओर ज़मीन पर रखा संगमरमरी टी-लाइट होल्डर, कमरे में प्रकाश का एकमात्र स्रोत था। उसके गुंबद की सममितीय नक्काशियों से छनकर निकलती पीली रोशनी, पीछे खड़ी आधी दीवार पर, परछाइयों का एक अस्थायी महल बना रही थी।

पुनव वाईन-ग्लास की पतली सुराहिदार गर्दन आरोही के हाथों में दे बोला, "इस बार तुम्हारे बर्थडे पर हिमाचल चलें? कुल्लू में कहीं... तोश कैसा रहेगा?"

"हाँ, चलते हैं। अभी तो चार महीने पड़े हैं। हम तोश दो साल पहले गये थे ना? 2013 में... है ना?"

"हम्म। अच्छा सुनो..."

"बोलो..."

"तुम ठीक हो?"

"मतलब? ठीक ही तो हूँ। क्यों?" कह वह ज़मीन पर टी-लाइट होल्डर के सामने बैठ गयी।

"तुम्हें पता है यार मैं किस बारे में बात कर रहा हूँ," पुनव की आवाज़ में झुँझलाहट थी।

आरोही ख़ामोश हो गयी। दांये हाथ से वाईन की चुस्की ली। फिर बायें पंजे की मध्यमा और अनामिका मोड़, अंगूठे के सिरे से मिला, एक आकृति बनायी और दीवार के सामने हाथ ऊपर-नीचे करने लगी।

परछाइयों के स्याह-महल के बीचों-बीच अब एक छाया-हिरन कुलाँचे मार रहा था।

"बताओ, कुछ पूछ रहा हूँ," पुनव ने उसकी बड़ी गहरी आँखों में झाँक कर पूछा।

"क्या बोलूँ? पता तो है तुम्हें। मृत्यु को लेकर मैं असामान्य रूप से सहज हूँ। मैं अपने आस-पास होने वाली हर एक मृत्यु, हर एक बदलाव के लिये, हमेशा तैय्यार रहती हूँ। जीवन का यही तो नियम है- इस पल होना, अगले पल नहीं होना। हम किसी से कितना भी प्रेम कर लें, मोह कर लें, हमें इस बात के लिए तैय्यार रहना चाहिये कि वो किसी भी पल हमें छोड़ कर जा सकता है। अभी पिछले महीने नेपाल में इतना बड़ा भूकम्प आया। सोचो ज़रा, कोई खाना खाते हुए अगले दिन का प्लान बना रहा होगा और एक झटके में सब ख़त्म। हम ही अभी बातें कर रहे हैं और मेरे ऊपर छत गिर गयी तो?"

"तो तुम्हें शॉक नहीं लगा?"

"शॉक? किस बात का? मृत्यु को लेकर चौंकना नहीं आता मुझे। जब लोग कहते हैं 'अमुक' की मौत पर विश्वास नहीं हो रहा, अजीब लगता है। सब जायेंगे ही- जो आया है वो भी, जो नहीं आया है वो भी। तो अविश्वास या चौंकना कैसा? मृत्यु मनमौजी है- कभी आने की सूचना देती है, कभी नहीं देती। हर समय जाने का समय होता है। हर उम्र जाने की उम्र होती है।"

अब उसने दोनों ताम्बई अँगूठों को आपस में फँसा, बाज़ का छाया-चित्र बनाया और छाया-महल के ऊपर उड़ाने लगी।

"मेरा मतलब 'मैंने-अपने-बच्चे-खो-दिये' वाला दुःख तो नहीं है?" पुनव ने धीरे से पूछा।

दो सेकंड की चुप्पी के बाद आरोही बोली, "तुम्हें पता है मैं बिलकुल भी मेलोड्रमैटिक नहीं हूँ। जिन चीज़ों पर हमारा बस नहीं, उनके बारे में सोच, काल्पनिक दुःख की नाव पर सवार हो, 'यूँ होता तो कैसा होता' के चप्पू चलाते रहना, मेरी आदत नहीं है। जो इस वक़्त है या नहीं है, वही सच है। चेतना को भी बहुत बार टटोला- अंदर गयी, बाहर आयी, फिर अंदर गयी। ये पता लगाने कि कहीं एस्केप तो नहीं कर रही, पर कुछ हाथ नहीं लगा।"

"तुम्हारा नाम आरोही नहीं, निर्मोही होना चाहिए," बोल पुनव ने आरोही के गाल खींच लिये।

"मुझे अपने निर्मोह से मोह है, तुम्हें तो पता है," गाल सहलाते वह बोली।

"निर्मोह से मोह। *अटैच्मेंट विद डिटैच्मेंट।* वाह, क्या पैराडॉक्स है।"

"तुम बताओ, तुम ठीक हो?"

"ठीक हूँ। कभी-कभी थोड़ा गिल्ट होता है, कि हम दोनों ही बच्चे नहीं चाहते थे, क्या पता इसी वजह से..."

"नो! स्टॉप इट! माना हम बच्चे नहीं चाहते थे, पर जब मैं प्रेगनेंट हुई, तो बच्चे रखने या ना रखने का निर्णय हमारे ही पास तो था। Keeping the babies was a conscious decision. इस बदलाव को हमने स्वीकार भी तो कर लिया था ना? यही तो जीवन है, नहीं? वर्तमान के गमले में उग रहे बदलाव के पौधों को स्वीकारना और सींचना। परिवर्तन को छोड़ कुछ भी तो स्थायी नहीं है जीवन में। *चेंज इस कॉन्स्टंट।* भूल गये? दो दिन पहले ही वट्सएप पर यहीं लाइनें प्रोफ़ाइल पिक्चर थी तुम्हारी?"

"हम्म... दो दिनों में शायद मैं बदल गया। क्योंकि... *चेंज इस कॉन्स्टंट,*" पुनव हँसते हुए बोला।

अब आरोही ने परछाईं-महल के ऊपर, दोनों पंजो से बने छाया-सर्पों का युद्ध छेड़ दिया था। स्पीकर की पूँछ-रूपी तार लैपटॉप के कान में घुसा, पुनव म्यूज़िक फ़ोल्डर में गाने ढूँढने लगा। कुछ ही पलों में स्पीकर से कुछ रहस्यमयी आवाज़ें उबल कर बाहर गिरने लगीं...

आरोही दोनों सापों को युद्ध-मुक्त कर पूछ बैठी, "ये... ये क्या है?"

"व्हेल-सॉन्ग। कहते हैं कि व्हेल आपस में बातें करने के लिए ये आवाज़ें निकालती हैं।"

आँखें बंद कर आरोही उस रहस्यमयी संगीत के समुद्र में गोते लगाने लगी।

कुछ पलों बाद आँखें खोल बोली, "It's tragically beautiful. मृत्यु के चार-पाँच सेकंड पहले इंसान अकेलेपन के जिस दर्द को भोगता होगा, उसकी आवाज़ इन्हीं व्हेल के गीतों जैसी होगी। उस अकेलेपन में जो शांति और सुकून है, उसकी आवाज़ भी व्हेल के इन गीतों सी ही होगी। समुद्र के ओपेरा-सिंगर द्वारा गायी जा रही किसी लोरी सी है... आख़िरी लोरी सी। जैसे इसके बाद सब रहेगा और कुछ बचेगा भी नहीं। अजीब विरोधाभास है। It haunts and pacifies you at the same time. उस डॉक्टर की तरह जो बाजू में इंजेक्शन ठोक कर तुरंत रुई रगड़ देता है। हज़ारों सालों से ये रहस्यमयी आवाज़ें समुद्र में गूँज रहीं होंगी। पुराने ज़माने में नाविक समुद्र में गूँजते जिन सायरेंस के रहस्यमयी गीतों की बातें करते हैं, क्या पता वो व्हेल के ही गीत हों? उफ़्फ़, ये इतना सुंदर है कि मैं इसे लूप पर पूरा दिन सुन सकती हूँ।"

"It is beautiful indeed! वैसे ये भी कहते हैं कि नर ये गीत मादाओं को आकर्षित करने के लिये गाते हैं।"

"इग्ज़ैक्ट्ली। एक और कॉंट्रडिक्शन। मिलन के गीत जो विरह के गीत से लगते हैं।"

"बस यार, अब बोर मत करो," पुनव झुंझला उठा।

"अच्छा कोई और बात..."

"आरोही..." पुनव उसे बीच में ही काट बोला।

"हाँ?"

"तुम मुझसे कितना प्यार करती हो?"

"हैं? अब ये कहाँ से आया?"

"बताओ ना?"

"इतना कि चाहती हूँ... मुझसे पहले... तुम मरो।"

परछाइयों का महल - 2

"तुम चाहती हो कि तुमसे पहले मैं मरूँ? इंट्रेस्टिंग! बोलती जाओ..."

बारिश तेज़ हो चली थी। चाँद और तारे, काले बादल की टोपी में, बिल्लियों से छुप गये थे।

"बताती हूँ। पहले कुछ खिलाओ..."

"एक प्याज़ काट दो," पनीर के चौकोर टुकड़े ग्रिल पर डाल पुनव बोला। "तो क्या कह रही थी तुम?"

"देखो, *लेट्स बी ऑनेस्ट*। माना तुम बहुत प्रैक्टिकल हो पर मृत्यु को लेकर मैं जितनी सहज हूँ, तुम नहीं हो। मैं पहले मरूंगी तो तुम्हारे लिए बड़ी मुश्किल होने वाली है। गुब्बारे जैसा दिल है तुम्हारा, ज़रा सी सुई चुभाई नहीं कि फट्ट! मैं तुम्हें उस दर्द से बरी करना चाहती हूँ। मैंने तो कई बार सोचा है, अपनी मौत के बारे में, तुम्हारी मौत के बारे में, डिटेल में। अपने और तुम्हारे पार्थिव शरीर भी देखे हैं, कफ़न में लिपटे, नाक के छेदों में रुई की छोटी गेंदें घुसी हुई। मैंने तो सोच भी रखा है तुम मरोगे तो फिर क्या करना है," प्याज़ छीलते वह बोली।

"क्या करोगी?"

"एक किताब लिखूँगी अपनी प्रेम-कहानी पर।"

"अरे यार! काम से जो ब्रेक लिया है तुमने, उसे ख़त्म करने के लिए मेरे मरने का इंतज़ार करोगी? ग्रेट! यार, तुमने तो सब प्लान करके रखा है! ऐसे बात कर रही हो जैसे कोई दुःख ही नहीं होगा मेरे जाने के बाद।"

"मृत्यु को लेकर सहज होने का ये कत्तई मतलब नहीं कि दुःख से पीछा छूट गया। दुःख तो रहेगा ही। अस्तित्व ही दुःख है। पर वर्तमान की सच्चाई को सर्वोपरि रख

मैं दर्शक बन उस दुःख को आता-जाता देख सकूँगी, बिना किसी प्रतिक्रिया के," आरोही प्याज़ की मृत्यु का शोक मना रही अपनी आँखें पोंछ बोली।

"वाह! तुम कहीं वही स्त्री तो नहीं जो प्रेम में डूब बुद्ध बन गयी?"

"स्त्री नहीं। इंसान। वैसे भी, प्रेम में आज भले बुद्ध-सी स्थिरता हो, पर कल सिद्धार्थ-सी व्याकुलता नहीं होगी, इस बात की कोई गारंटी नहीं। हम रोज़ ध्वस्त होते हैं, रोज़ हमारा पुनर्निर्माण होता है। क्या पता तुम्हारे जाने के बाद किशोर कुमार और जगजीत सिंह की आवाज़ों में अपने दर्द को ढूँढने लगूँ? या चलती बस के पीछे 'मेरा बाबू आयेगा' कह दौड़ने लगूँ।"

पुनव हंस पड़ा और उसके गाल खींच लिये।

"आउच! अभी थोड़ी देर भी खींचा था, मैंने कुछ बोला नहीं। अब फिर से??? कितनी तेज़ खींचते हो यार," दो सेकंड गाल सहलाने के बाद वह पूछ बैठी, "अब तुम बताओ, कितना प्यार करते हो मुझसे?"

"ज़्यादा नहीं शायद। क्योंकि मैं तो यही चाहता हूँ कि तुमसे पहले... मैं मरूँ..." प्याज़ के बारीक टुकड़ों की फ़्राइंग पैन में आहुति दे पुनव बोल उठा।

टोस्टेड मल्टिग्रेन ब्रेड के टुकड़ों के बीच ग्रिल्ड पनीर, लेट्यूस का पत्ता और सुनहरे प्याज़ के टुकड़े डाल पुनव ने एलान किया, *"सैंड्विच इज़ डन!"*

"ग्रेट! कोल्ड कॉफ़ी भी बना दो ना यार प्लीज़।"

"वाह! वाईन के बाद कॉफ़ी पीनी है अब तुम्हें? दूध निकाल कर दो फ्रिज से।"

आरोही के पैकेट पकड़ाते ही पुनव चिन्हुक उठा, "यार, टोंड दूध में क्या मज़ा आएगा? फुल-क्रीम नहीं है क्या?"

"नहीं!"

"ले आऊँ?"

"जाओ और जल्दी आओ। मैं मूवी लगाती हूँ कोई।"

पुनव ने फटाफट शर्ट पहनी, कार की चाभी ली और बाहर निकल गया, "मैं बस साउंड की स्पीड से गया और लाइट की स्पीड से आया।"

परिवर्तन हमेशा साउंड और लाइट की स्पीड से ही तो आता है।

...

कुछ ही मिनटों बाद वह एम्ब्यूलेंस में पुनव का हाथ पकड़े बैठी थी। बारिश थम गयी थी। विंडो के उस पार चाँद-तारे, बादलों की टोपी फेंक, उत्सुक बिल्लियों से साथ-साथ दौड़ रहे थे।

अंदर से एक आवाज़ आयी, "प्लीज़, प्लीज़, प्लीज़ सब ठीक हो जाए।"

अंदर से दूसरी आवाज़ आयी, "तैय्यार रहो। कुछ भी हो सकता है।"

और 'कुछ भी' हो गया। अस्पताल तक जाते-जाते बीच में ही आसमानी शर्ट की ओट में छुपा पुनव का हाथ बर्फ़ हो गया। आरोही ने उसके ठंडे हाथों को अपने गालों से लगाया, शायद खींच ले।

कभी-कभी मांसपेशियों में ऐंठन की वजह से मरने के बाद भी बॉडी पार्ट्स हिलने लगते हैं...

टी-लाइट होल्डर के अंदर की मोमबत्ती बुझ चुकी थी और परछाइयों का महल व्हेल के अनंत गीतों में विलीन हो गया था...

दिस टू शैल पास

पुनव को सुपुर्दे-विद्युत हुए दो दिन बीत चुके थे।

"फ़ुल क्रीम दूध...सीढ़ियों पर...कार्डिएक अरेस्ट...एमब्यूलेंस...बीच में ही..." आरोही किसी आगंतुक के 'क्या हुआ?कैसे हुआ' का निर्विकार भाव से जवाब दे रही थी। लोग वही सब बोल रहे थे, जो उनसे अपेक्षित था। आरोही मन ही मन उनकी बातों का जवाब दे रही थी।

"अचानक से कैसे?"

"मृत्यु मनमौजी होती है- कभी आने की सूचना देती है कभी नहीं।"

'इट वज़ आ शॉक, उस दिन शाम को मेरी फ़ोन पर बात हुई थी उससे।"

"शॉक? किस बात का? सब जायेंगे ही- जो आया है वो भी, जो नहीं आया है वो भी। तो अविश्वास या चौंकना कैसा?"

"ही वज़ जस्ट 37। गॉन टू सून।"

"देयर इज़ नो 'सून'। हर उम्र जाने की उम्र होते है। हर समय जाने का समय होता है।"

"अरे ई सब का हो गया?" पुनव की बुआजी ने जैसे ही घर के अंदर क़दम रखा, आरोही से लिपट गयीं और बुक्का चीर-फाड़ कर रोने लगीं।

"जो होना था वो हो गया बुआजी। जिसे जाना था, वो गया," आरोही ने संतुलित आवाज़ में कहा। अपने मुँह से निकल रहे दिलासा के शब्द सुन ऐसा लगा जैसे उसे बुआजी की जगह होना चाहिए और उन्हें उसकी।

आरोही ने उनकी स्थूल पीठ थपथपा, ख़ुद से अलग कर, सोफ़े पर बैठाया। किसी को कितना भी संबल दे लो, पीड़ा से समता की यात्रा इंसान को अकेले ही तय करनी होती है। आरोही की सहजता और संतुलन देख बुआ जी का बुक्का-फाड़ रुदन, हिचकियों की धुँध में विलीन होने लगा था।

बुआजी को पानी का ग्लास थमा आरोही ने दो साल पहले ख़रीदे गये अपने टू बी-एच-के फ़्लैट के एक छोर से दूसरी ओर नज़र घुमायी। हर कोने में किसी ना किसी इंसान की मौजूदगी ज़रूर थी। सब उसकी शौर्य-गाथाएँ गा रहे थे, कैसे उसने सब अकेले सम्भाला, कैसे वह इतनी 'बैलेन्स्ड' है, आदि आदि। हर कोई उसे वीरता की प्रतिमूर्ति समझ 'स्ट्राँग वुमन' का मेडल उसकी छाती पर साँट रहा था।

कमरे के बीचों-बीच खड़े टेबल पर पुनव की तस्वीर रखी हुई थी। उनके घर जब भी मेहमान आते, वह दोनों बीच-बीच में कुछ पलों का अकेलापन तलाशने किसी एकांत कोने में चले जाते, किसी काम के बहाने। कभी साथ-साथ, कभी अलग-अलग। 'लोग' उन दोनों के लिये कड़वे नहीं थे, पर 'सोलिट्यूड' उन्हें कुछ ज़्यादा मीठा लगता था।

निर्जीव लकड़ी के फ़्रेम में मुस्कुराता पुनव आरोही के लिये सजीव हो उठा। "इतनी भीड़-भाड़ में कोफ़्त हो रही होगी, है ना?" वह पूछ बैठी। पुनव ने हाँ में सर हिला दिया। "कहीं और रख दूँ?" आरोही ने पूछा।

इससे पहले पुनव कोई जवाब देता, पीछे से एक धीमी आवाज़ आयी, "आरोही, चलता हूँ।"

आरोही पीछे मुड़ी। पुनव के बॉस थे।

"कोई भी ज़रूरत हो तो बस एक कॉल कर देना।"

"रात को तीन बजे आइसक्रीम खाने का मन हुआ तो भी?" आरोही ने मन ही मन सोचा और अपने ख़ुराफ़ाती विचार पर हँसी आ गयी। उसने बस मुस्कुराकर हाँ में सर हिला दिया, *"थैंक यू फ़ॉर कमिंग।"*

"ही वज़ आर बेस्ट आर्किटेक्ट। तुम बहुत स्ट्राँग हो! टेक केयर। कुछ फ़ॉरमैलिटीज़ हैं बैंक और ऑफ़िस से रिलेटेड, जब भी ठीक फ़ील करो, बता देना।"

"मैं ठीक हूँ। अगले हफ़्ते कॉल करके आती हूँ," आरोही ने मुस्कुराकर जवाब दिया और बॉस ने विदा ली।

बेंत के सोफ़े पर विराजमान बुआजी उसे लगातार देखे जा रहीं थीं। साथ ही साथ वह अपनी कमर का पिछला हिस्सा धीरे-धीरे दबा रहीं थीं। यह देख आरोही पाँच साल पहले चली गयी, जिस सुबह वह पहली बार विदा होकर पुनव के पुश्तैनी घर गयी थी।

पुनव और आरोही उम्र के अलग-अलग पड़ाव पर अपने-अपने अभिवावकों को खो चुके थे। दोनों कोर्ट मैरिज कर चुके थे पर पुनव की बुआ चाहती थीं कि एक बार पूरे विधि-विधान से शादी हो। दबाव नहीं था, निवेदन था, जिसे दोनों ने स्वीकार कर लिया।

विदाई की सुबह, गेस्ट हाऊज़ से घर तक का सफ़र तय करने के लिए एक बड़ी इनोवा किराये पर ली गयी थी जिसमें दूल्हा-दुल्हन के अलावा जितने रिश्तेदार ठूँसे जा सकते थे, ठूँस दिए गये थे। गुलाब और रजनीगंधा की लड़ियों से सजी गाड़ी के शीशों पर 'पुनव परिणय आरोही' छपे ए-4 साइज़ के प्रिंट-आउट चिपके थे। पुश्तैनी घर चूँकि गली के अंदर था, गाड़ी बाहर ही रोक ली गयी। उतरते ही आसमानी रंग की साड़ी में लिपटी बुआ-सास ने सिंदूरदानी आरोही के हाथों में पकड़ा दी और अपने सर के ऊपर हाथ रख इशारे में बोली, "पल्लू डाल लेओ।"

आरोही ने मुस्कुराकर 'ना' की मुद्रा में सर हिला दिया। बुआजी के चेहरे पर नागवारी गुज़री पर उन्होंने कुछ कहा नहीं। वह पुनव को भी जानती थीं और आरोही को भी। अपनी इंडिविजुएलिटी या व्यक्तित्व के प्रति समर्पित लोगों को कोई जंग नहीं लड़नी पड़ती। वह विनम्रता से ही हर हर्डल, किसी कुशल घोड़े से, पार करते जाते हैं। उनपर ना कोई दबाव डाल सकता है, ना वह कोई दबाव स्वीकार करते हैं।

गली से घर तक का सफ़र, जो कुछ 100 मीटर का था, शुरू हो गया।

दो ढोल-वाले ढोल की गोल हथेलियों पर किसी कड़क मास्टर की तरह डंडियाँ मारते साथ-साथ चल रहे थे। घर कोई छलाँग भर की दूरी पर रह गया, तो ढोल वालों ने आँखों ही आँखों में इशारे किए, "चलो अब।"

बुआ जी ने 100-100 के दो नोट हवा में नज़र उतारने की मुद्रा में घुमाए और एक ढोल वाले को दे दिए, "लेओ, बाँट लेओ।"

"अरे ई का दे रही हैं अम्मा?"

बुआ जी बाएँ हाथ से कमर दबाती, दाँया हाथ हिला बोली, "बस-बस बहुत है।"

ढोल वाले की आँखों में अलाव जल गये, फ़नफ़नाता हुआ बोला, "आप ही रखिए अम्मा, बहूजी की सिंदूरदानी खरीदय में काम आई।"

मामला गरम होते देख पुनव ने अपना वॉलेट निकाला और 500 के दो नोट उन्हें थमा दिए।

बुआ शर्मिंदा होते हुए बोली, "आज कल के बच्चन को बस रूपिया फेंके आत है।"

अपनी कमर वह अभी भी दबाती जा रही थीं। और तभी उनके मुँह से हुंकार निकली, "आऊऊओऊऊऊममम"

उसी समय आरोही और पुनव की नज़रें मिल गयीं। स्वच्छंद डकार की तुरही सुन आरोही अपनी हथेलियों पर चिकोटी काटने लगी। उसकी आँखों में पानी आ गया, और मुँह फूल गया। जहाँ नहीं हँसना, वहाँ उसे और हँसी आती। क़ैद करने की तमाम कोशिशों के बावजूद हँसी थोड़ी सी खुली जगह पा, मुँह से भाग निकली। और वह हँसती रही...

"आऊऊओऊऊऊममम" बुआजी की डकार की बीन सुन, वह अतीत की बांबी से निकलकर वर्तमान की धरती पर रेंगने लगी। आरोही ने सर उठाया उर सामने तस्वीर में मुस्कुरा रहे पुनव से आँखें मिल गयी। उसने तुरंत इधर-उधर देखा कि किसी ने उसे इस तरह मुस्कुराते हुए देख तो नहीं लिया। फिर सोचा देख भी लिया तो क्या, ज़्यादा से ज़्यादा लोग यही समझेंगे कि दोहरा राम झेल दिमाग़ पर असर हो गया हो शायद।

आरोही किसी को दरवाज़े तक छोड़ने आयी थी कि 'छनाक' की आवाज़ से पूरा अपार्टमेंट गूँज उठा। बुआजी किसी अपराधी की भाँति टेबल के बग़ल में खड़ी हुई थीं और पुनव की तस्वीर नीचे ज़मीन पर पड़ी हुई थी।

"साफ़ कर रहे थे, हाथ से छूट गयी," बुआजी घबराकर बोलीं।

"कोई बात नहीं बुआजी। फिर से बनवा लेंगे," वह बुआजी को अपराध-मुक्त करते हुए बोली।

निर्जीव वस्तुओं में कभी जीवित रहे इंसान को ढूंढना मृगमरिचिका ही तो है। बाहर कुछ भी नहीं। सब अंदर है, अंदर ही सब है। आरोही ने डस्ट-पैन और झाड़ू उठाया और काँच के टुकड़े समेटने लगी।

"अकेली रह गयी, बच्चे होते तो ज़िंदगी कट जाती," आरोही की मौसी बुआजी से कह रहीं थीं।

"बड़ी हिम्मत है बिटिया में। सब अकेले सम्भाल रही है, आगे भी सम्भाल लेगी," बुआजी ने तठस्थ होकर जवाब दिया। आरोही की आँखों के कोर थोड़े गीले हो गये।

एक हफ़्ते बाद घर ख़ाली हुआ। एकांत को वापस पा, आरोही ने सुकून की साँस ली। उसने पुनव का लैपटॉप खोल, व्हेल के गीत चला दिये।

उन व्हेल की आवाज़ों ने जैसे ही कानों को छुआ, मानो स्मृतियों ने डंक मार दिया हो। छाती वाघा बोर्डर में बदल गयी जिसपर भारत और पाकिस्तान के सिपाही, भारी बूट पहने, अपनी पूरी बल और ऊर्जा झोंक, क़दमताल कर रहे थे। सिपाहियों के भारी पैरों तले, उसकी छाती पर सजे 'स्ट्राँग वुमन' के तमाम मेडल छिन्न-भिन्न होते जा रहे थे। सिपाहियों के साथ-साथ अब ढोल वाले भी उसकी छाती को ढोल की हथेलियाँ समझ, डंडियों से पीट रहे थे। अपनी छाती पकड़ आरोही ख़ुद से बार-बार कहने लगी,

दिस टू शैल पास

दिस टू शैल पास

दिस टू शैल पास

दिस टू शैल पास

मृत्यु के लिए सहज होने का ये मतलब नहीं कि दुःख से पीछा छूट गया...

करुणा की खिचड़ी

'I am sorry for your loss', 'My heart goes out to you, be strong.' फ़ोन का उदर, स्विच-ऑन करते ही, सांत्वना-संदेशों से लबालब भर गया। पुनव को गये एक महीना हो चुका था और अभी भी लोग बाल्टी भर-भर करुणा की खिचड़ी, उसके वट्सएप और सोशल मीडिया अकाउंट्स के पत्तलों पर परोसते जा रहे थे।

सामने रखे पत्तलों से मुँह फेर, आरोही गूगल पर दिल्ली में उस दिन हो रहे कार्यक्रमों की सूची टटोलने लगी। राष्ट्रीय नाट्य विद्यालय में सेकंड ईयर के छात्रों द्वारा एक नाटक की प्रस्तुति थी। पावर बटन का क्लोरोफ़ॉर्म सुँघा, फ़ोन को बेहोश कर पजामे की जेब में डाला, टी-शर्ट बदली, पैरों में स्नीकर्स डाले और बाहर निकल गयी। ताबड़तोड़ बारिश होने से पहले छायी चिपचिपी उमस, एक-एक रोएँ में घुस, पसीने की बूँदें बाहर धकेल रही थी।

ऑटो चल पड़ा। चेहरे को सहला रही हवा, हीलियम बन यादों के गुब्बारे फुलाने लगी। पुनव को नाटक देखने का शौक़ नहीं था, इसलिए वह हमेशा अकेले ही चली जाया करती थी। हमेशा घर वापस आने पर वह मिल जाया करता था, आज नहीं मिलेगा।

अंदर से कुछ आवाज़ें आने लगीं: *"इट इज़ क्वाट इट इज़।"*

"हमेशा... ऑल्वेज़। 'ऑल्वेज़' इज़ अ मिथ। देयर इज़ नो ऑल्वेज़..."

प्रैक्टिकल दलीलों की सुईयाँ, यहाँ-वहाँ उड़ रहे यादों के गुब्बारों को फट-फट कर फोड़ने लगी। ख़ुद को नाटकीयता के गहरे कुएँ में गिरने से बचाया और ऑटो से बाहर देखने लगी।

धुआँ-उगलती गाड़ियों के पहियों तले, रात-दिन रौंदी जा रही महानगर की सड़क पर उसे तरस आ गया। उसने मन ही मन सड़क से पूछा, "ठीक हो?"

"सीने में दर्द बना रहता है, पर अब जो है सो है। इट इज़ व्हाट इट इज़," सड़क ने जवाब दिया।

4 बजे वह अपने गंतव्य तक पहुँच गयी थी। लोग-बाग लाइन में लग, मेन-गेट के खुलने का इंतज़ार कर रहे थे। घनघोर उमस के बींचो-बीच दूरदर्शन भवन से बहता हुआ हवा का झोंका, मुँह पर दो-सेकंड की रिलीफ का समाचार बाँच रहा था। टिकट-खिड़की से पास ले आरोही भी लाइन में खड़ी हो गयी।

नाटक का तय समय 4.30 था। मंचन ओपन-लॉन में होना था। गेट खुलने के बाद ओपन-लॉन पहुँच, आरोही ने एक कोना पकड़ लिया। फिर पता चला कि कुछ तकनीकी कारणों की वजह से नाटक एक घंटे बाद शुरू होगा। कोई उससे कुछ बात ना छेड़ दे, इसलिए फ़ोन निकाल उसी में बेमतलब जूझी रही। उमस का अत्याचार जब चरम पर पहुँचा, वह टहल कर बाहर रिसेप्शन पर आ गयी।

रिसेप्शन टेबल के आगे एक बड़ा सा 'फ़र्राटा' चल भी रहा था, खड़ा भी था- समय की भाँति। आरोही ने उसके गोल फ्रेम के आगे आधा मुँह दे दिया और आस-पास देखने लगी। सामने सोफ़े पर दो वृद्ध औरतें बैठी थीं।

एक दुबली-पतली, चाँदी लिये बॉयकट बाल, नुकीली नाक, नपी-तुली मुस्कान, मितभाषी, बँधे हुए हाथ, व्यवहार में अंतर्मुखी व्यक्तित्व की छाप।

"क़िससे मिल रहा है इनका चेहरा? किससे?" आरोही सोच ही रही थी कि जवाब मिल गया, "अमृता प्रीतम।"

दूसरी महिला की काया स्थूल थी, बोलते समय सर हिलाने की आदत, उन्मुक्त ठहाके, व्यवहार में बहिर्मुखी व्यक्तित्व की छाप।

अंदर से एक और आवाज़ आयी, "अहा! बिलकुल जैसे शुभा खोटे।"

आरोही जैसे ही उनके बगल में आकर बैठी, शुभा खोटे ने झट से सवाल दाग दिया, "आप प्ले देखने आयीं हैं?"

आरोही ने 'हाँ' में सर हिला दिया।

"आप भी थिएटर करती हैं?" दूसरा सवाल।

"जी नहीं, बस देखने का शौक़ है।"

अमृता प्रीतम बिना कुछ बोले हाथ बांधे बैठी रहीं।

आरोही ने सोचा एक-दो सवाल उनसे पूछ औपचारिकता निभा ही ले, "आप दिल्ली से ही हो?"

शुभा खोटे ने झट से जवाब दिया, "नहीं। मैं कानपुर से हूँ ये शिमला से। हम एक ही स्कूल में पढ़ातीं थी, ये पहले रिटायर हुईं, मैं बाद में। अभी हम दोनों यहीं पीछे ओल्ड-एज-होम में रहतीं हैं। वहाँ से एन.एस.डी दिखता भी है। कभी-कभार तो यहाँ ओपन-लॉन में हो रहे नाटक हम लोग वहीं से देख लेते है," कह आँख मारी और हंस दीं।

ओल्ड एज होम यानी वृद्धाश्रम। परिवार के जूनियर सिटीज़ेंस द्वारा त्यज दिये गये सीनियर सिटीज़ेंस के रहने के जगह। असहाय, बेबस, लाचार।

अमृता प्रीतम ने आरोही की आखों में धीरे-धीरे पक रही सहानुभूति और दया की खिचड़ी को देख लिया। तपाक से बोल पड़ीं, "वहाँ की सबसे अच्छी बात है कि खाना बिलकुल भी नहीं बनना पड़ता। *आय हेट कुकिंग,*" हर वाक्य के अंत में अंग्रेज़ी बोल देना उनकी आदत थी।

"हाँ, फ़्री ही रहतीं हैं हम तो। हर शाम घूमने निकल जातीं हैं," शुभा खोटे सर और हाथ हिलाते हुए बोलीं।

"बाबा मुझे तो घूमना-घामना बिल्कुल नहीं पसंद, *आय लव टू बी इंडोर्स।* यही है, घूमती रहती है और मुझे भी खींच ले जाती है। मेरे से तो ये लोगों की चिकचिक बर्दाश्त नहीं होती। *आय वाँट माय सोलिट्यूड।*"

"बाहर भी निकलना चाहिए। तुम्हें तो खींचना पड़ता है बाहर जाने के लिये।"

"तो क्या हुआ? हमारा होम क्या कम सुंदर है? इतना सुंदर गार्डन है। हर तरह की फ़ैसिलिटी है। क्या करना है बाहर जा कर? *इट्स अ वेस्ट।*"

"पर बजरंगी भाईजान की फ़र्स्ट शो, फ़र्स्ट टिकट करवा रखी है मैडम ने। आयी बड़ी सलमान की फ़ैन।"

"तेरी तरह तो नहीं कि शाहरुख़ की कोई भी कबाड़ मूवी देख लूँ। *हैप्पी न्यू ईयर वज़ सच अ ट्रैश।*"

"सलमान और शाहरुख़ का कोई मुक़ाबला नहीं।"

उनका संदेश साफ़ था। 'ओल्ड एज होम' में रहते हैं पर दीन-हीन और करुण जीवन नहीं जीते। आत्म-निर्भर हैं और अपनी ज़िंदगी खुल कर जीते हैं, तो आप कृपया दया-भाव और करुणा अपनी टेंट में रखिये। उन दोनों वृद्ध महिलाओं को शाहरुख़ बनाम सलमान करते देख आरोही को मज़ा आने लगा था।

पहली घंटी बजने के कोई दो-तीन सेकंड बाद दोनों महिलाओं के धैर्य ने अपना इस्तीफ़ा सौंप दिया।

"चलो जी। शंकर मार्केट में चाट खाकर आते हैं। खुले में कीड़े परेशान करेंगे, कौन बैठेगा?" शुभा खोटे का चंचल मन अब वहाँ रुकने को तैय्यार नहीं था।

"मैंने तो तेरे से पहले ही कहा था। चल, *लेट्स गो,*" जवाब आया।

शुभा खोटे सोफ़े के हाथों का सहारा लेकर उठीं और आरोही की ओर देखते हुए बोली, "मेरा नम्बर ले लो। आना कभी मिलने।"

आरोही ने सर हिला अपना फ़ोन निकाला और उनका नम्बर सेव करने लगी।

तभी अमृता प्रीतम बोल उठीं, "छोड़ ना। क्यों फ़ालतू की फ़ॉर्मैलिटी? कोई नहीं आता! *नो वन कम्ज़!*"

यह कहते हुए उनकी आँखों में एक अजीब सा अंधड़ आया और चला गया। हाथ अभी भी बँधे हुए थे।

आरोही को अब उनके निरंतर बँधे-हाथ और अपने प्रति उनकी बेपरवाही किसी चुनौती सी लगने लगे थे। वह किसी भी तरह बर्फ़ के उस किले की दीवारों को भेदना चाहती थी।

"मैं कोशिश करूँगी आने की। एक्चुअली, मेरे हज़बंड की अभी-अभी डेथ हुई है। *सो, स्टिल प्रोसेसिंग...*"

"ओह, च्च च्च। कैसे?" शुभा खोटे तपाक से पूछ बैठीं।

"कारडीएक अरेस्ट।"

"च्च च्च। बच्चे?"

"नहीं हैं। *मिसकेरिज* हो गया था, तीन महीने पहले। ट्विन्स थे।"

जानबूझकर फेंके गये निजी दुःख के हथोगोले बर्फ़ीले किले की दीवारों को ध्वस्त कर चुके थे।

"आय एम सॉरी। टेक केयर बेटा," अमृता जी के हाथ खुल चुके थे। उनकी आँखों में सहानुभूति का पूड़ी-कोहड़ा छनते देख आरोही के कानों में विजय-बिगुल बज उठा।

दूसरी घंटी बजते ही दोनों महिलाएँ जा चुकीं थी। आरोही भी बाहर निकल आयी और अगले एक घंटे तक सफ़दर हाशमी रोड पर टहलती रही। उमस में समोसे छान रहा आदमी, एक्स्ट्रा चटनी की गुहार लगाते लोग, बुद्धिजीवियों को निगलती श्री राम सेंटर की बिल्डिंग, फुटपाथ पर सजी किताबों को घुटने के बल बैठ अलट-पलट रहे लोग, ऑटो को कमरा बना सोता ऑटो-चालक, सबके अंदर अपने निजी ब्रह्मांड हैं। यह ब्रह्मांड निरंतर निजी 'ब्लैक होल' द्वारा निगले और उगले जाते रहते है। अंदर विस्फोट का सत्य है, बाहर 'हाल-चाल-ठीक-ठाक है' का भ्रम।

"बिना किसी प्रसंग के अपनी आपबीती को जानबूझकर न्यूज़ हेडलाइन्स की तरह बाँच देना, सहानुभूति के लिये? क्यों किया मैंने ऐसा? क्या ज़रूरत थी?"

"I feel sorry for myself" आरोही ने खिचड़ी ख़ुद को परोस दी।

"...and I hate it," खिचड़ी का स्वाद बेहद कड़वा था।

सड़क ने उससे सवाल किया, "ठीक हो?"

"मैं तुम हूँ, तुम मैं हूँ," आरोही ने जवाब दिया और फ़ोन पर नम्बर डायल करने लगी:

कॉलिंग राघव...

साँप-सीढ़ी

"राघव, 'स्टफ़' पड़ा है तुम्हारे पास?" आरोही ने पूछा।

"हाँ।" उधर से आवाज़ आयी।

"घर आ जाऊँ?"

"अभी घर पर नहीं हूँ। कल आ जाओ।"

अगले दिन आरोही ने दो 'डेरी मिल्क' ख़रीदी और कैब से साकेत स्थित राघव के घर पहुँची।

घुमावदार सीढ़ियाँ चढ़, दूसरे तल पर पहुँच, दरवाज़े के आगे जैसे ही खड़ी हुई, मन किया उल्टे पाँव वापस लौट जाये। घंटी से सवाल किया, "बजा दूँ?"

"अब आ ही गयी हो तो बजा दो," घंटी ने जवाब दिया। टिंग-टोंग की आवाज़ चारदीवारियों के अंदर गूँज उठी और राघव ने दरवाज़ा खोला। उसे गले लगाते पूछा, "कैसी हो?"

"ठीक।"

"*हेलो स्ट्राँग वुमन,*" पीछे खड़ी राघव की पत्नी सदफ़ उसे गले लगा बोली।

स्ट्राँग! आरोही को सड़क याद आ गयी और वह मुस्कुरा उठी।

सदफ़ को घर सजाने का बहुत शौक़ था। लिविंग रूम का हर एक कोना ऑनलाइन और ऑफ़लाइन खरीदी गयी तमाम सजावटी वस्तुओं से अटा पड़ा था। मिंट-ग्रीन रंग के सोफ़े पर तीनों बैठ गये और फिर एक अजीब सा सन्नाटा पसर गया। मातम से गुज़र रहे इंसान के बारे में अपनी-अपनी धारणाएँ बना लोग

स्वयं ही असहज हो जाते हैं... क्या बोलें क्या ना बोले? जैसे पिट् खेल रहे हों। सामने पत्थरों का टावर सजा हुआ है और गेंद सबके हाथों में है। पर निशाना साध उसे तोड़े तो तोड़े कौन?

"यार, प्लीज़! मैं ठीक हूँ, तुम लोग ऐसे मुँह पर मातम चिपकाकर तो मत बैठो," मुस्कुराकर आरोही ने स्वयं गेंद फेंकी और असहजता के पत्थर भरभरा कर गिर गये।

मेज़बानों के चेहरों पर भी मुस्कुराहट तैर गयी। "हमेशा की तरह, *अनप्रिडिकटेबल आरोही*," सदफ़ बोल उठी।

'हमेशा' सुन आरोही के अंदर कुछ दरक गया।

तभी अंदर से रोने की आवाज़ आयी और सदफ़ बेडरूम की ओर भागी, "बश बश, ममा आ गयी बेबी।"

पत्नी के अंदर जाते ही राघव ने चुपके से आरोही के हाथों में एक पैकेट थमाया, "It's hydroponically grown and is very smooth."

फिर अंगूठे से अंदर की ओर इशारा किया और सर को 'ना' की मुद्रा में हिलाया। आरोही ने सांकेतिक संदेश को डिकोड कर लिया, "सदफ़ को पता नहीं चलना चाहिये"। फिर फुसफुसाकर बोला, "She thinks I've quit marijuana."

"हम्म," आरोही की आँखों के सामने सदफ़ का सुबह लगाया हुआ फ़ेसबुक पोस्ट आ गया। राघव और सदफ़ की प्रेम में भीगी हुई तस्वीर थी और कैप्शन था, 'Transparency is a must in all relationships'। पारदर्शिता सभी रिश्तों में अनिवार्य है। उसके अंतर्मन-होंठ मुस्कुरा उठे।

कुछ ही देर में सदफ़ अपनी तीन साल की झबला-आच्छादित बेटी को गोद में उठा लायी। आरोही जब भी उसे देखती, उसे पुराने ज़माने की बाल-कलाकार डेज़ी ईरानी याद आ जाती थी।

"अम्मू आरोही आंटी को हेलो बोलो बेबी," माँ ने कहा पर ऊनींदी बच्ची किसी प्रकार की सामाजिक औपचारिकता में लिप्त होने के मूड में नहीं थी। बेपरवाही से दूसरी ओर घूम माँ के कंधे पर चेहरा टिका दिया। उसके हाथों में लम्बा रुई

से भरा हुआ साँप था जिसका नाम 'जंगल बुक' के अजगर की तर्ज़ पर 'का' रखा गया था।

राघव जैसे ही वाशरूम गया, टेबल पर रखा उसका फ़ोन काँपने लगा। सदफ़ ने तुरंत फ़ोन अपने क़ब्ज़े में ले लिया। स्क्रीन की ओर देखते ही उसके चेहरे पर एक सेकंड की नागवारी गुज़री और उसने फ़ोन काट दिया। फिर फ़ोन कमरे में ले गयी। वापस आयी तो फ़ोन उसके हाथों में नहीं था।

फ़ोन चूँकि आरोही के सामने ही पड़ा था इसलिये स्क्रीन पर 'नेहा कालिंग' की सूचना उसे मिल गयी थी। नेहा कॉलेज के ज़माने से राघव की बहुत अच्छी दोस्त थी और राघव से उसका रिश्ता बस एक अच्छे दोस्त तक ही सीमित था। पर पति की यह दोस्ती सदफ़ को नागवार गुज़रती थी और इस मुद्दे को लेकर उनके बीच अनेकों लड़ाइयाँ होती थीं, ऐसा राघव कई बार आरोही और पुनव को बता चुका था।

राघव के वापस आने पर सदफ़ ने नेहा की कॉल का कोई ज़िक्र नहीं किया और उनकी ज़िंदगी अपनी बेटी के साथ "काऊ कैसे बोलती है?' और 'अम्मू की आइज़ कहाँ हैं?' जैसे अनंत खेलों में डूब गयी। इन 'पशु-ध्वनि-बूझो' और 'अंग-पहचानों' के खेल की परतों के नीचे पति-पत्नी आपस में छुपन-छुपाई खेल रहे थे।

"शायद मेरे जाने के बाद दोनों लड़ पड़ें। ऐसी ही लड़ाइयाँ शायद हर घर में होती हो। लौकिक मुद्दों/उम्मीदों से उपजी नाटकियता जीवन पर इतनी हावी हो जाती है कि लोग अलग-अलग घरों में एक जैसी जिंदगियां जी रहे होते हैं। सब जगह वही लड़ाइयाँ, वही मुद्दे। मेलोड्रामा एक वैम्पायर बन, रिश्ते की गर्दन में दाँत गड़ा उसे इतना चूस जाता है कि हम बस उसकी खोखली खाल कंधों पर डाले यहां-वहां फिरते रहते हैं। Irony of the mundane!"

पुनव के साथ कितना आसान था सब कुछ। उनका रिश्ता परफ़ेक्ट नहीं था और कभी-कभी बे-सर-पैर की बातों पर विस्फोटक लड़ाइयाँ भी हो जाती थी। पर छुपने-छुपाने के आम खेल जो पति-पत्नी आपस में खेलते हैं, उन्होंने कभी नहीं खेले। जो अंदर था, वहीं बाहर था। उसे और पुनव को ना कुछ छुपाने की क़वायद थी, ना सब जानने की ख़्वाहिश। ना *वेलिडेशन* की दरकार थी ना *रेप्यूटेशन मैनज्मेंट* का बोझ। दोनों जानते थे कि जीवन इन मुद्दों में भटक जाने के लिये नहीं है।

"अम्मू दुद् पीना है ना? 'का' मम्मा को दे दे," सदफ़ की आवाज़ ने आरोही को वर्तमान में ठेल दिया। एक हाथ में बोतल लिए, वह घुटनों पर बैठ बच्ची से खिलौना छीनने लगी। बच्ची को माँ की यह हरकत इतनी नागवार गुज़री कि उसने माँ के बालों को मुट्ठी में जकड़ एक ओर खींच दिया। पुत्री के आकस्मिक-गुरिल्ला हमले से सदफ़ की आँखें बड़ी हो गयीं, मुँह लाल हो गया।

आरोही की चंचल हँसी मुँह से निकल पड़ी।

"स...सॉरी सदफ़, तुम्हारा मुँह। *योर फ़ेस... इट वज़ सो फनी,*" हँसी रोकने की नाकमयाब कोशिश करती आरोही बोली।

उसे हँसता देख सबकी हँसी निकल गयी। बच्ची माँ-बाप को हँसता देख किलकारियाँ मारने लगी। दूध की बोतल अब उसके मुँह में थी।

"तुम्हें हँसते देख अच्छा लग रहा है, आरोही," राघव बोल उठा और एहसास करा गया कि हँसने जैसी सामान्य क्रिया अभी उसके लिये असामान्य है।

"अरे, भूल ही गयी। अम्मू के लिये चॉकलेट लायी थी," कह वह डाइनिंग टेबल पर रखे बैग की ओर बढ़ गयी।

"आरोही, कोल्ड कॉफ़ी बनाऊँ? पियेगी?" सदफ़ ने पूछा।

कोल्ड कॉफ़ी! आरोही जड़ हो गयी।

"ग्रेट! कोल्ड कॉफ़ी भी बना दो ना यार प्लीज़।"

"...दूध ले कर आता हूँ। साउंड की स्पीड से जाऊँगा, लाइट की स्पीड से वापस आऊँगा।

लगा जैसे किसी विशाल एनाकोंडा ने उसे जकड़ लिया हो। ना हिलने की इच्छा थी ना शक्ति। लगा वहीं खड़ी रहेगी, सालों साल। किसी पेड़ की तरह।

अंदर से एक कड़क आवाज़ आयी, "कंट्रोल।"

पर आँसू उसकी हँसी से भी ज़्यादा चंचल निकले। टपकती आँखें नीचे कर, बैग टटोल, 'चॉकलेट यहीं तो रखी थी, मिल नहीं रही' का उपक्रम करने लगी। सर

नीचे होने के बावजूद वह सदफ़ और राघव की नज़रें अपने शरीर पर महसूस कर रही थी। मानो दो जोड़ी आँखें, मेंढक के पैर लगा, उसके आस-पास कूद रही हों।

अंदर की आवाज़ अब ज़्यादा सख़्त हो चली थी, "कंट्रोल!"

...

वापस आते समय ऑटो में आँखों का झरना बहता ही रहा। फ़र्स्ट फ़्लोर पर चढ़ते ही उसे आभास हो गया कि आशा आंटी अपनी बालकनी में कुछ कर रही हैं। ब्रिज अंकल के सिधारने के बाद वह ख़ामोश ही रहतीं और धार्मिक क्रिया-कलापों में ज़्यादा व्यस्त रहने लगीं थी।

आरोही की सीढ़ियों का रास्ता उनकी बालकनी से होकर ही जाता था। उसने आँखों को रगड़कर पोछा, कहीं आंटी को आँसू का एक भी क़तरा ना दिख जाए।

"कैसी हो?" तुलसी के पौधे को जल चढ़ाते उन्होंने पूछा।

"ठीक!" उसने मुस्कुराकर जवाब दिया और पूछ बैठी, "आप?"

"मैं भी।" उन्होंने भी मुस्कुरा कर जवाब दिया। दोनों की आँखें मिली और एक दूसरे को 'ठीक हूँ' के खोखलेपन का संदेश पहुँचा गयीं।

घर में क़दम रखते ही आँसू ग़ायब हो गये। पर एनेकोंडा ने अपनी गिरफ़्त ढीली नहीं की। उसने झटपट एक जॉइंट

बनाया। एनेकोंडा की गिरफ़्त अब थोड़ी ढीली होने लगी थी।

जीवन सांप-सीढ़ी का खेल ही तो है। जैसे ही हम 100 से दो कदम दूर 98 पर पहुँच तालियाँ पीटने लगते हैं, ज़िंदगी अपनी मुट्ठी घुमा 'एक' का पासा फेंकती है और 99 पर लपलपा रहे साँप की पूँछ पकड़ हम वहीं पहुँच जाते हैं, जहाँ से कभी शुरू किया था...

ईमेल्स टू द अदर साइड - 1

ईमेल #1

दो महीने हो गये तुम्हें गये हुए। जाने के बाद ना ही तुमने फ़ोन किया, ना ईमेल। बिलकुल याद नहीं आती मेरी?

मुझे तुम्हारे साथ खाना खाने का मन करता है, सफ़ाई करने का मन करता है, बातें करने का, गाने सुनने का मन करता है।

जैसा कि विता-सैकविल-वेस्ट ने वर्जीनिया वोल्फ़ को ख़त में लिखा था, "I just miss you, in a quite simple desperate human way."

तुम कैसे हो?

जवाब: मैं ठीक हूँ। जहाँ मैं हूँ, वहाँ ज़्यादा भूख नहीं लगती। खाने की यहाँ कोई कमी नहीं। जब भी भूख लगे, हम थोड़ी रोशनी खा लेते हैं। *वी ईट लाइट फ़ॉर फ़ूड, एंड देयर इज़ इनफ़ लाइट।* I miss you too, but 'certainly not' in a simple desperate human way. तुम्हारी याद से कोई प्रतिक्रिया नहीं पनपती। There is a perpetual state of nothingness here.

ईमेल #2

परपेचुअल स्टेट ऑफ़ नथिंगनेस! मतलब perpetual state of bliss? शून्य से सुखद क्या हो सकता है भला! शायद इसलिये लोग कहते हैं कि 'यू आर इन आ बेटर प्लेस।'

काश मैं भी इस शून्य की छांव में लेट सकती। लग रहा है जैसे किसी टाइम लूप में फँस गयी हूँ, a loop of despair। रोज़ एक जैसा ही है। आज बारिश हुई यहाँ। मैं खिड़की पर बैठ बस बूँदों को गिरते, ख़त्म होते, देखती रही। हमेशा की

तरह भीगने का मन नहीं हुआ। भीगूँ भी तो कैसे? दिमाग में इतने तार उलझे पड़े हैं, कुछ नंगे, कुछ अधनंगे। बारिश का पानी घुसते ही शॉर्ट-सर्किट नहीं हो जाएगा?

एक अदरकी बिल्ली ने आना शुरू कर दिया है घर पर। बिलकुल मिज़ूकी जैसी। याद है, जब उसे कुत्तों से बचा कर लाए थे तुम, तो कैसी बित्ते भर की थी? उसे बस तुम्हारी गर्दन पर बैठना होता था। जब तुम नहीं होते थे घर पर, तो किसी चुम्बक की तरह मुझसे चिपकी रहती थी। और तुम्हारे सामने होने पर मुझे भाव ही नहीं देती थी। जिस दिन वो घर छोड़कर गयी थी, कितने दुखी हो गए थे तुम। मुझे अभी भी लगता है शायद वो मर गयी, पर तुमने कभी विश्वास ही नहीं किया।

इस नयी बिल्ली को भी मैंने मिज़ूकी बुलाना शुरू किया। शायद तुमसे जुड़ी हर याद को हक़ीकत का जामा पहना, उसी दुनिया को फिर से रीक्रियेट करने की कोशिश कर रही हूँ, जिसमें तुम थे।

जवाब: नयी मिज़ूकी को प्यार देना। तुम सही थी। मिज़ूकी से यहाँ मिला मैं। बोल रही थी कि एक दिन कौतूहलवश किसी गुब्बारे वाले के पीछे-पीछे चलती गयी, फिर किसी गाड़ी के नीचे आ गयी। *Curiosity 'literally' killed our cat.* यहाँ मुझे देखते ही गर्दन पर चढ़ गयी और कंधों को आटा समझ, अपने पंजों से गूँथने लगी। पूछ रही थी कि तुम यहाँ कब आओगी?

ईमेल #3

कैसे? कैसे चले गये तुम? एकदम से ही? एकदम अचानक?

जवाब: *"मृत्यु मनमौजी होती है- कभी आने की सूचना देती है कभी नहीं।"* भूल गयी?

ईमेल #5

अभी तो बहुत कुछ करना था साथ में। You've gone too soon!

जवाब: *"देयर इज़ नो 'सून'। हर उम्र जाने की उम्र होते है। हर समय जाने का समय होता है।"* तुमने ही कहा था ना?

ईमेल #9

आज सोने से पहले 'थ्री कलर्स-ब्लू' देखी। उस दिन तुम्हारे जाने से पहले मैंने कहा था, "जाओ और जल्दी आओ। मैं मूवी लगाती हूँ कोई"। याद है? यही फ़िल्म सिलेक्ट की थी मैंने देखने के लिये। फ़िल्म की नायिका भी अपने पति और बच्चे को खो देती है। मुझसे मिलती-जुलती ही कहानी। नहीं, मैंने उस कहानी में अपनी कहानी टटोलने की कोशिश नहीं की। सच कहूँ तो मुझे एक्ट्रेस से जलन हुई। बहुत, बहुत ज़्यादा। क्योंकि परदे पर अपना पार्ट निभा रही जूलीएट बिनोश, निर्देशक कोवल्स्की के 'कट' बोलने के बाद अपनी ज़िंदगी में वापस जा सकती है। She has a choice, a fucking choice. I don't have that choice. My life has become a never-ending dream. I want to wake up, but I know I can't. This isn't a dream. Isn't that the saddest part?

जवाब: What a coincidence! कोवल्स्की से मिला यहाँ। मैं उनसे पोलिश में बातें कर रहा था, वो मुझसे हिंदी में। उनको बताया तुम उनकी फ़िल्म देख कर क्या महसूस कर रही थी। हम दोनों तुम्हें यहाँ से देखते हैं कभी-कभी। लगता है जैसे कोई फ़िल्म देख रहे हों। हमें ज़िंदा रहते हुये भी अपनी ज़िंदगी ऐसी ही देखनी चाहिये, किसी फ़िल्म की तरह।

Also, dream or reality, you have to live through it.

ईमेल #10

Yes. I have to live through it. Isn't that the saddest part?

मेलडीज़ ऑफ़ अ व्हेल

एक प्रयोगशाला में, आरोही के ठीक सामने, पुनव का निर्जीव शरीर एक सफ़ेद बेंच पर रखा हुआ है। शरीर का एक-एक बाल साफ़ कर, आधे शरीर को सफ़ेद चादर से ढाँक दिया गया है। सिर के ठीक ऊपर एक विशाल अलार्म-क्लॉक है- गोल, सफ़ेद डायल, एक ही काली सुई। टिक-टिक-टिक-टिक की आवाज़ आरोही के कानों को भेद रही हैं। ठीक दस सेकंड बाद उसे अपनी हथेली के नीचे स्थित लिवर दबाना है।

नेपथ्य में गिनती चल रही है: 10... 9... 8... 4... 5...6... 7... 9... 2... 3...

अचानक आरोही को याद आया कि वह घर की अलमारी में, पुनव के कोट की जेब के अंदर, दो बिल्ली के बच्चे रख कर भूल गयी है। अगले ही पल वह अलमारी के सामने काँपते हाथों के साथ खड़ी थी। हिम्मत नहीं हो रही कि दरवाज़ा खोले। "उफ़्फ़, कितने दिन हो गए! ना हवा, ना खाना, अब तक तो मर गये होंगे बेचारे।" मन कड़ा करके जेब के अंदर से दोनों को निकाल हथेली पर रखा। ऊँगली-बराबर बिल्ली के बच्चों की आँखें मुंदी हुईं थीं, अदरकी चमड़ी सिकुड़ गयी थी, गर्दन ढुलकी हुई थी।

4... 5... 3... 6... 1

उससे लिवर नहीं दबाया गया। छाती किसी दीवार में बदल गयी जिसकी ईंटें एक-एक कर ढहने लगीं। ज़िंदगी का इतना बड़ा मौक़ा कैसे खो दिया? लिवर दबा देती तो पुनव वापस आ जाता। बस एक लिवर ही तो आगे-पीछे करना था, इतना भी नहीं कर पायी? अगले ही पल वह अपने घर की बालकनी में खड़ी थी। कपड़े सुखाने के स्टैंड पर, बिल्ली के बच्चों की सिकुड़ी हुई दो अदरकी खालें धूप में सूख रही थीं और मुँह हिला रही थीं।

जैसे हिंदी के अक्षर 'आ' का बारंबार अभ्यास कर रहे हों।

प्रयोगशाला में पुनव का पूरा शरीर सफ़ेद चादर से ढाँक दिया गया।

सपने में लज्जा, संताप और निराशा की मिली-जुली पीड़ा भुगत ही रही थी कि आँखें खुल गयीं। 'शुक्र है, सपना था', यह बोध होने के बाद भी भार-मुक्त नहीं महसूस हुआ। लगा जैसे इस्त्री-वाला पानी के छींटे मार-मार, भारी लोहे की प्रेस से छाती की सलवटें दूर कर रहा हो।

हक़ीकत और सपनों के बीच की रेखा कोई रबड़ लेकर मिटा रहा था।

आँखें खुली तो देखा पुनव की तकिया उसकी बाहों में कसमसा रही थी। दो महीने से ना कपड़े धोये, ना चादरें। लिहाफ़ में अभी भी पुनव के सर की ख़ुशबू मौजूद थी।

उसने तकिए में अपना मुँह दे दिया और एक तेज़ साँस अंदर खींची।

अगले ही पल वह उठी, लिहाफ़ को लाँड्री-बैग में पड़े अन्य कपड़ों के साथ वॉशिंग मशीन में डाल स्विच-ऑन कर दिया। लिहाफ़ को गोल चक्कर खाते देख, मशीन से कहा, "रुक जाओ।"

फुली-ऑटोमैटिक मशीन ने जवाब दिया, "मेरे किवाड़ एक बार बंद हो गये फिर ना खुलते।"

पुनव की बची-खुची ख़ुशबू बुलबुलों के बीच गोते खाती, सुपुर्दे-डिटर्जेंट हो गयी।

सुबह के चार बज रहे थे। उसने एक *जॉइंट* बनाया और फ़ोन हाथ में लेकर बैठ गयी। फेफड़ों के ट्रक में धुएँ के बक्से लोड कर उसने लैपटॉप खोला और दुनिया-भर की चीज़ें देखने लगी। अगले दो घंटे तक ना जाने क्या-क्या देख डाला। द्वितीय विश्व युद्ध के दौरान ऑश्विट्ज़ की जेलों में मृत्यु-पूर्व कंकाल बन चुके लोगों की कहानियाँ, महज़ 10 साल की उम्र में अवसादग्रस्त हो आत्महत्या कर चुके लड़के पर बनी डॉक्युमेंटरी, हिरोशिमा पर परमाणु बम के हमले में बचे सुमितेरू तानिगूची की कहानी जिन्हें हमले के तीन दिनों तक पता ही नहीं चला कि शरीर पर कपड़े के नहीं, माँस के टुकड़े लटक रहे हैं...

शायद वह इस उम्मीद में थी कि दूसरों के ख़ौफ़नाक अनुभवों और त्रासदी में उसे अपने दर्द को कमतर मानने का हौंसला मिले। 'दुनिया में कितना ग़म है, मेरा ग़म कितना कम है' की तर्ज़ पर। पर कोई फ़र्क़ नहीं पड़ा।

यन्त्रणा के क्षणों में दुःख बड़ा या छोटा नहीं होता, अपना या पराया होता है।

पता नहीं एकाएक क्या मन हुआ कि लैपटॉप पर गाने लगाए और सुनने लगी...
'तुझे क्या बीती हुई रातों से,
मुझे क्या खोयी हुई बातों से,
सेज नहीं, चिता सही, जो भी मिले, सोना होगा...'

'बड़ी सूनी सूनी है, ज़िंदगी ये ज़िंदगी
मैं ख़ुद से ही हूँ यहाँ, अजनबी अजनबी...'

'एक आह भरी होगी
हमने ना सुनी होगी
जाते-जाते तुमने
आवाज़ तो दी होगी'

...प्रेम में आज भले बुद्ध-सी स्थिरता हो, पर कल सिद्धार्थ-सी व्याकुलता नहीं हो सकती, इस बात की कोई गारंटी नहीं। क्या पता तुम्हारे जाने के बाद किशोर कुमार और जगजीत सिंह की आवाज़ों में अपने दर्द को ढूँढने लगूँ...

...मैंने तो सोच भी रखा है तुम मरोगे तो फिर क्या करना है,"
"क्या करोगी?"
"एक किताब लिखूँगी अपनी प्रेम-कहानी पर।"

पुरानी बातें याद आते ही वह माइक्रोसॉफ़्ट वर्ड के पन्नों पर, कीपैड की स्याही से, अपनी प्रेम-कथा लिखने बैठ गयी।

कुछ ही देर में अतीत के कलाइडोस्कोप को गोल-गोल घुमा, आरोही अंदर झांक रही थी। यादें, चूड़ियों के टुकड़े बन, रंग-बिरंगे पैटर्न बनाने लगीं। उनका मिलना, फ़र्स्ट किस, ओल्ड मनाली के सेब के बाग़ में ख़ामोश बैठ आसमान में गेंहु के दानों से छितरे सितारे देखना, इनबॉक्स में एक दूसरे को गाने देना, चिट्ठियां लिखना, ऐसे लड़ना जैसे अब कुछ बचेगा ही नहीं, फिर ऐसे मिलना जैसे कुछ हुआ ही नहीं...

अचानक चूड़ियों के टुकड़े एक-एक कर आँखों में धँसने लगे। आँखों से रिस रहे ख़ून की गोंद से कलाइडोस्कोप मानो आंख से चिपक गया हो- हटाना चाहती थी, पर हटा नहीं पा रही थी।

"अभी नहीं। थोड़ा समय देना होगा ख़ुद को। *बी जेंटल विद योरसेल्फ़,*" अंदर से आवाज़ आयी और वह वर्ड के पन्नों को बंद कर धीरे-धीरे आंखों में धँसें चूड़ियों के टुकड़े निकालने लगी।

दुखद स्मृतियों के कुएं के में दो-चार सेकंड झांककर हट जाना ठीक होता है। समय से हट गये तो ठीक, गिर गये तो निकलना मुश्किल।

अपना दर्द कम करने के लिए वह एक बार फिर दुनिया के दर्द टटोलने लगी। वर्चुअल पन्ने पलटते-पलटते उसने 52-hertz व्हेल के बारे में पढ़ा। इसकी प्रजाति अज्ञात है और इसे दुनिया की सबसे अकेली व्हेल कहा जाता है। आजतक किसी ने इसे नहीं देखा। बस समुद्र में गूँजती इसकी असामान्य फ्रीक्वेंसी की आवाज़ें सुनी गयी हैं।

अगले ही पल आरोही मारियाना ट्रेंच में थी। मारियाना ट्रेंच, समुद्र के गर्भ में छुपी धरती की सबसे गहरी जगह। यहाँ आज तक कोई नहीं पहुँच पाया है पर वह अभी वहीं खड़ी थी। रंग बिरंगे कोरल-रीफ़, लाइट बल्ब की तरह जगमगाती मछलियों और पेराशूट की तरह उड़ रहीं जेली फ़िश के बीचों-बीच वह ऐसे गुज़र रही थी, जैसे सालों से यहीं तैर रही हो। पहुँचना चाहती थी 52-हर्ट्ज़ तक, जिसके दर्द में डूबे गीत समुद्र का सीना चीर रहे थे। आवाज़ आरोही के कानों के इतने पास थी, जैसे व्हेल पास खड़े होकर ही गाना गा रही हो। पर दिखायी नहीं दे रही। तभी दूर से समुद्री घोड़ों का एक समूह आता दिखायी दिया। उनके पास आते ही आरोही सन्न रह गयी। उनके धड़ समुद्री घोड़ों जैसे थे पर मुँह इंसानों जैसे। जिन्हें वह जानती थी, पहचानती थी। बुआजी, सदफ़, राघव, नेहा, अमन, सुमितेरू तानिगूची जिनके चेहरे का माँस मोम की तरह पिघल रहा था, सब एक-एक कर उसकी आँखों के आगे से गुज़र गये। हैरत की बात है कि पहचानना तो दूर, किसी ने उसकी ओर देखा तक नहीं। जैसे उसका अस्तित्व ही नहीं है। आखिर एक समुद्री घोड़ा उसे देख कर मुस्कुराया। उसके धड़ पर आशा आंटी का चेहरा विराजमान था। उन्होंने आरोही की आँखों में देखा और कहा, "हेलो 52-हर्ट्ज़" और आगे बढ़ गयीं। आरोही ने कुछ ज्यों ही कुछ कहने के लिये मुँह खोला, उसकी आवाज़ समुद्र को रक्तरंजित करने लगीं। तभी आवाज़ आयी टन टन टन...

आरोही ने हल्के से आँखें खोली। टन-टन की आवाज़ आशा आंटी की दैनिक-आरती से उत्पन्न हो रही थी। पर उस आवाज़ से सपना टूटा नहीं था। वह अभी

भी समुद्र में थी। उसे समझ नहीं आ रहा था कि वास्तविकता क्या थी? सपना क्या था?

"It's such a dark and strange place to be in! I have my dreams, I have my reality. But I don't know what is what!"

सीने में सो रहा दर्द फिर से जाग गया। बिस्तर के 'अपने' हिस्से में वह अकेली थी। पहले भी अकेले होती थी पर तब पुनव का हिस्सा खाली नहीं होता था। सानिध्य में अकेलेपन को जीना बहुत आसान था, अभी मुश्किल। जीवन के सारे फ़लसफ़े एक-एक करके भू-स्खलित हो रहे थे...

दुनिया की सबसे अकेली व्हेल- '52-हर्ट्ज़' वह ख़ुद थी।

उसने फ़ोन को स्पीकर से जोड़ा, और पुनव के बिस्तर के 'हिस्से' में रख दिया। फ़रवरी की एक रात रिकॉर्ड किये गये पुनव के खरटि प्ले कर आँखें बंद कर लीं...

हक़ीकत से भागने के लिये, सपनों में जागने के लिए...

ईमेल्स टू द अदर साइड-2

ईमेल #15

The guilt is killing me!

कहीं तुम्हारी मृत्यु के लिए हमेशा तैय्यार रहकर मैंने तुम्हारी मौत को *मैनिफ़ेस्ट* तो नहीं कर लिया? जब तुम थे, तो अक्सर तुम्हारी मौत आँखों के सामने से गुज़रा करती थी। जानती थी कि कभी ना कभी इस पल का सामना करना ही पड़ेगा। कहीं मैंने कल्पना के ऊन से वास्तविकता तो नहीं बुन ली?

तुमने कहा था... याद है? कि शायद हम दोनों ही बच्चे नहीं चाहते थे, और कहीं इसी वजह से तो...? क्या पता तुम सही हो? जो भेड़ की बलि वाला सपना देखा था मैंने, चेतना की परतों के पीछे किसी बंद कमरे में क्या मैं ये चाह रही थी कि बच्चे रहे ही ना? नहीं, मैंने ऐसा तो कभी नहीं सोचा। पर क्या पता किसी कमज़ोर पल में सोच लिया हो और अंदर पल रहे बच्चों ने रिजेक्टेड महसूस कर कोख से छलाँग लगा आत्महत्या कर ली हो?

The guilt is killing me, literally.

जवाब: याद है तुमने कहा था, "Keeping the babies was a conscious decision. इस बदलाव को हमने स्वीकार भी तो कर लिया था ना?" सुनो, मेलोड्रमैटिक मत हो! मेलोड्रामा बिलकुल सूट नहीं करता तुम्हें।

ईमेल #20

I shared the most beautiful thing with you- solitude. दो लोग साथ रहते हुए भी अपने हिस्से का एकांत ढूँढ पाएँ, इससे सुंदर और कुछ भी नहीं। तुम्हें जाना था, तुम गये। पर दूसरे 'तुम' कभी नहीं मिलोगे, ये सोच कर बहुत गुस्सा आता है।

जवाब: It is what it is.

ईमेल #25

I don't know if I am alive or dead. रात और दिन में फ़र्क़ नहीं। पता नहीं आख़िरी बार घर से कब निकली थी। This house haunts me and pacifies me at the same time, just like a whale's song. मैं ठीक हूँ कि नहीं, ये जानने के लिये सब फ़ोन करते रहते हैं। ना किसी का फ़ोन उठाने का मन करता है, ना किसी को करने का। लाइट तक जलाने का मन नहीं करता। आस-पास किसी की आवाज़ सुनना नहीं चाहती पर दो सेकंड के लिए भी कानों को *ईयरफ़ोन* से दूर नहीं रख पाती। तेज़ आवाज़ में म्यूज़िक सुनती रहती हूँ, हेवी-मेटल। रात को सोते हुए भी। इस उम्मीद में कि *ब्लैक सैबथ* की चीख अंदर की चीखों पर हावी हो जाएँ। वैसे भी कानों में आवाज़ें रेंगतीं रहती हैं, तो भ्रम बना रहता है कि अकेली नहीं हूँ। अकेलेपन से कभी डर नहीं लगा, अब लग रहा है।

दुःख होगा, ये तो पता था। पर कंट्रोल खो दूँगी, ये नहीं जानती थी। अब इस बेबसी और लाचारी से कोफ़्त होने लगी है। इस दुख के कुंड में और कितना तैरना होगा? क्यों? ऐसा पहले तो कभी नहीं हुआ। रोज़ गिरना, रोज़ उठना, फिर गिरना, कभी उठना, कभी नहीं उठना। नींद मुश्किल से आती है, सुबह उठो तो छाती में ऐसा दर्द जैसे कोई बार-बार चाकू भोंक रहा हो। इस चक्रव्यूह से ऊब गयी हूँ अब। I've made peace with the death of the born and the unborn before. फिर तुम्हारे जाने को प्रैक्टिकली क्यों नहीं ले पा रही? कोई प्रतिक्रिया किये बिना इस दर्द से खुद को अलग क्यों नहीं कर पा रही हूं? उबर क्यों नहीं पा रही? इससे पहले भी अपनों को खोया, पर मृत्यु के यथार्थ का अनवरत बोध होने से स्वयं को डिटैच करने में बिलकुल दिक्कत नहीं आयी। अभी क्यों नहीं कर पा रही? निर्मोह के परदों के पीछे कौन से मोह का गुप्त कमरा छिपा रखा था?

पुराना कुछ भी नहीं रह गया अंदर, सब नया है।

क्या करूँ? 'सब-कुछ-ठीक-हो-जाएगा' की सारी ज़िम्मेदारी समय के कंधों पर लाद, स्वयं मुक्त हो जाऊँ? पता नहीं कितना समय लगेगा। अब लगता है शायद कभी उबर ही ना पाऊँ।

बहुत सारे सवाल हैं। मुझे जवाब नहीं चाहिये।

मुझे 'तुम' वापस चाहिये...

जवाब: और मुझे 'तुम'...

ईमेल #28:

हदजक्कल ज्कम्म्म सूक्स्ज्द्स्द्ज्सक्क्क्क्क्क्क्क्क्क्क

जवाब: कुछ लिखने का मन नहीं कर रहा तो मत लिखो। *माइंडलेस* होकर कीबोर्ड मत दबाओ।

चिट्ठी #29

My life is nothing but a whale's melody.

जवाब: *It's tragically beautiful!*

चिट्ठी #30

मुझे नहीं रहना यहाँ। मन नहीं लग रहा। मैं आ जाऊँ तुम्हारे पास?

जवाब: आ जाओ।

'आ जाओ।' यह पढ़ते ही आरोही की आँखें, बोरवेल का पाइप बन, बेहिसाब पानी बहा उठी। आँसू असंख्य साँप की मौसियाँ बन, उसके चेहरे पर रेंगने लगे।

पिछले एक महीने से वह लगभग हर रोज़ पुनव को ईमेल्स लिखती जा रही थी। जवाब भी लगातार आ रहे थे।

पंजों का वाइपर चला, आँखों की विंडस्क्रीन पर टपाटप बह रहीं बूँदों को साफ़ किया और सामने देखा।

बिस्तर पर दो लैपटॉप खुले पड़े थे। एक उसका, एक पुनव का। अपने लैपटॉप से वह ईमेल लिखती, फिर पुनव के लैपटॉप पर जाकर अपने ईमेल का जवाब देती। एक हफ़्ते में में पता नहीं कितनी चिट्ठियाँ लिख डाली थीं उसने।

गुज़रता वक़्त मुझे ख़ुद से दूर ले जा रहा है। इस विरोधाभास ने नफ़रत होने लगी है। ये हर रोज़ का गिरना, हर रोज़ का सम्भलना। इस साँप-सीढ़ी के

खेल से तंग आ गयी हूँ। गिर जाऊँ? पूरी तरह? और इस विरोधाभास को ख़त्म कर दूँ?

आखों का मानसून ज़रा देर के लिये थम गया था। बिस्तर के 'अपनी' वाली साइड पर पुनव लेटा हुआ था। आरोही ने प्यार से उसके बालों पर हाथ फेरा और कहा, "अच्छा हुआ तुम पहले चले गये। It's dark. Very very dark." कुछ देर पंखे की तरफ़ देख उसने आँखें बंद कर ली। स्पीकर पर व्हेल के गीत चल रहे थे।

अगले ही पल वह फिर समुद्र में थी। पिछली बार की तरह इस बार वह इस सत्य से अनभिज्ञ नहीं थी कि वह स्वयं ही 52- हर्ट्ज़ व्हेल है, दुनिया की सबसे अकेली व्हेल। समुद्री जीव अपनी जाती-प्रजाति के हिसाब से समूह बना, उसके अगल-बगल से इतनी शान्ति और व्यवस्था से निकल रहे थे, मानो अनुशासन जापान से सीख कर आए हों। इस बार उसे कोई अनदेखा नहीं कर रहा था। जीव उसके पास से गुज़रते, उसे देखते और आगे निकल जाते। सब शांत था पर वह शांति ही क्या जो भंग न हो? समुद्र के आसमान को चीरते हुए एक भाला किसी परमाणु बम सा अंदर आया, नोंक ऐसी कि छू कर हलाल कर दे। शांति, अनुशासन और व्यवस्था त्यज, सारे जीव यहाँ-वहाँ छितर गये। अपनी जान बचाने को इधर-उधर भागे, सिवाय आरोही के। वह जहाँ खड़ी थी, वही खड़ी रही। भाला पानी में डूबता-तैरता शिकार ढूँढता जा रहा था...

ब्रेक द पैटर्न

आरोही बिस्तर पर लेटे-लेटे सीलिंग की ओर एकटक देखे जा रही कि फ़ोन बज उठा।

"आरोही, सोचा एक बार याद दिला दूँ, आज शाम को आना है तुझे! भीड़-भाड़ नहीं होगी ज़्यादा। बस 'नेहा एंड फ़ैमिली' और बिल्डिंग के कुछ बच्चे," दूसरी ओर फ़ोन पर सदफ़ थी।

9 अक्टूबर, अमीरा का बर्थडे। पुनव को गये चार महीने होने वाले थे।

"सॉरी सदफ़, आज घर से बाहर निकलने का बिलकुल भी मन नहीं है। किसी और दिन आ जाऊँगी। अम्मू को बड़ा सा *हग* देना," आरोही ने कहा।

सदफ़ ने गहरी साँस छोड़ कहा, "चल, ठीक है। तुझे तो *फ़ोर्स* भी नहीं किया जा सकता। जब भी आने का मन करे, आ जाना। *टेक केयर!*"

फ़ोन परे रख वह एक बार फिर सीलिंग की ओर एकटक देखने लगी। पिछले कुछ दिनों से लगभग ना के बराबर ही घर के बाहर निकली थी। पूरा दिन बिस्तर पर लेटे-लेटे सीलिंग देखती रहती और आकृतियाँ ढूँढती रहती। दो सर वाला ड्रैगन, आइसक्रीम खा रहा साइबेरियन हस्की, सैंटा कलाज़ की दाढ़ी, बड़ी सी व्हेल का मुँह, दूध के पैकेट...

"कितने सारे पैटर्न हैं..."

"पैटर्न...पैटर्न," उसके दिमाग़ में यह शब्द नगाड़े बजाने लगा।

"*आय मस्ट ब्रेक द पैटर्न...*"

कुछ ही देर में वह तैय्यार होकर राघव और सदफ़ के घर पर थी।

"हे आरोही! ग्रेट टू सी यू" नेहा ने उसे गले लगाते हुए कहा। डोलचे एंड गबाना की अभिजात्य ख़ुशबू नथुनों के अंदर तक दौड़ गयी। नेहा उसे हमेशा उर्मिला मातोंडकर लगती थी और उसका पति अमन गुज़रे ज़माने का अभिनेता प्रदीप, बिना मूँछों वाला।

अंदर डाइनिंग टेबल पर एक बड़ा सा चौकोर केक था जिसपर कार्टून चरित्र *पेपा पिग* मुस्कुरा रहा था। सरों पर तिकोनी टोपी सजाए आठ-दस बच्चे, जेंटलमेन और जेंटल-लेडीज़ बन, मिंट ग्रीन सोफ़े पर विराजमान थे। अम्मू की उम्र का कोई नहीं था। सदफ़ उनसे गेम के नाम पर जी.के. से सम्बंधित सवाल पूछ रही थी। ऐसा कर, बड़ी कुशलता से उसने भागते बच्चों द्वारा मचाए जाने वाले तांडव के प्रकोप से अपने घर को बचा लिया था। अपने घर की एक-एक चीज़ को लेकर वो बहुत पज़ेसिव थी। आरोही ने बच्चों की ओर देखा और उसे हँसी आ गयी। कुछ अनमने से केक की ओर देख रहे थे, कुछ जम्हाई ले रहे थे, कुछ एक-दूसरे के कानों में फुसफुसा कर हँस रहे थे। फिर 'हेप्पी बर्थडे टू यू' के सामूहिक गान के बाद *पेप्पा पिग* के थूथर पर चाकू चलायी गयी। डिनर के बाद बच्चे रिटर्न-गिफ़्ट का झुनझुना हाथीं में पकड़, दरवाज़े से बाहर ऐसे भागे जैसे स्कूल की छुट्टी हो गयी हो।

बड़ों की पार्टी अब शुरू हो चुकी थी। अम्मू सो चुकी थी और नेहा-अमन का 6 साल का बेटा, नमन, राघव अंकल के प्लेस्टेशन में लीन हो गया था। नेहा और अमन, स्कॉच का ग्लास थामे, अपनी भूटान-ट्रिप के बारे में बता रहे थे। नेहा उसे 'ग़ैर-ज़िम्मेदार" और 'impulsive' ठहराने में व्यस्त थी और अमन उसे 'डरपोक' और 'non-adventurous' ठहराने में। आरोही को लगा जैसे उर्मिला मातोंडकर और प्रदीप वकीलों के कोट पहने, भरी अदालत में एक दूसरे पर आरोप लगा रहे थे, ख़ुद पर लगे आरोप ख़ारिज कर रहे थे।

"If marriage were a movie, it would be a courtroom drama," सोच आरोही अंदर ही अंदर मुस्कुरा उठी।

तभी नमन विडीओ गेम छोड़ आरोही के पास आया और पूछा, "आरोही आंटी, पुनव अंकल नई आये?"

सन्नाटा। 'मृत्यु' की बातों से उपजने वाली ऑकर्डनेस कमरे में चील की भाँति बैठ गयी।

नेहा ने कड़क कर कहा, *"नम, गो एंड प्ले।"*

"हम अच्छे पेरेंट्स बनेंगे ना?"

"अच्छे या बुरे वो तो पता नहीं, पर कंट्रोलिंग पेरेंट्स बिलकुल नहीं बनेंगे। हमारे बच्चे हमारे लिये कोई प्रोजेक्ट नहीं होंगे, इतना तो पता है। वी विल लेट देम 'बी'। बस।"

माँ की घुड़की सुन बच्चा खेलने जा चुका था। आरोही ने उसे आवाज़ दी, "नम, इधर आओ।" फिर उसकी नन्हीं हथेलियाँ पकड़ बोली, "पुनव अंकल कभी नहीं आएँगे।"

बच्चे ने पूछा, "क्यों?"

"वो मर गये। He is dead. जो मर जाता है, वापस नहीं आता।"

चील अपने डैने पसार चुकी थी। सन्नाटे को बच्चे की आवाज़ ने तोड़ा, "दादू भी मर गये। ममा-पापा ने बोला वो चाचू के घर गये। पर मुझे पता है वो अब कभी नहीं आएँगे।"

"ममा-पापा भी मर जाएंगे," बोल नमन ने एक बेपरवाह नज़र अपने माता-पिता पर डाली। बिना किसी प्रतिक्रिया के वहाँ से उठ, रिमोट थाम, वापस गेम में लीन हो गया।

नेहा झुंझला उठी, "आरोही, वो बहुत छोटा है अभी..."

उसकी झुँझलाहट का असली कारण बच्चे की 'छोटी उम्र' नहीं, पर अपनी मृत्यु के प्रति बेटे का निर्मोह था।

"आरोही, व्हाई?" अमन ने भी दबा सा रोष प्रकट किया।

प्रदीप और उर्मिला मातोंडकर आपसी विवाद छोड़, एकजुट हो, उसके ख़िलाफ़ केस लड़ने लगे।

उनकी एकजुटता ने आरोही के अंदर एक अजीब सी घिन पैदा कर दी। उसकी आवाज़ तेज़ हो गयी, "बस यही तो प्रॉब्लम है लोगों की। मौत की बातों को 'मनहूस', 'छोटे बच्चों के सुनने लायक़ बात नहीं', 'गंदी बात नहीं करते' कह

टाल देते हैं। मोह की मखमली घास पर चलते-चलते, हम भूल जाते हैं जीवन और मृत्यु साथ-साथ ही तो चलते हैं। एक मरने की बात करे तो दूसरा पंजे का चूल्लु बना उसके मुँह पर रख देता है, 'ऐसी बातें किया न करो' टाइप्स। बड़ा रूमानी लगता है बोलना 'वादा रहा सनम, होंगे जुदा ना हम" पर कोई तो मरेगा पहले कि नहीं? हम सबको मौत के बारे में सोचना चाहिए, अपनी मौत, अपनों की मौत। When we embrace death, we live a little more. नेहा, अमन कभी भी मर सकता है। हम आज अम्मू का बर्थडे सेलेब्रेट कर रहे हैं, क्या पता कल..."

सदफ़ ने धीमी आवाज़ में उसे काटा, "बस आरोही। कंट्रोल..." राघव के मुँह पर भी नागवारी साफ़ झलक रही थी।

आरोही ने उन चारों की ओर देखा। कल्पना ने पर्दा खींचा और उस परदे पर चारों नंगे थे, अंतरंगी क्षणों में, एक दूसरे से लिपटे हुए। एक दूसरे को आँख खोल कर महसूस कर रहे थे, छू रहे थे। नेहा के पास अमन है, सदफ़ के पास राघव। उसका जो खाली था, उनका भरा हुआ था। वह एक-दूसरे के साथ चल रहे थे, वर्तमान की सड़क पर। उसे तो मनचाहे सानिध्य के लिये अतीत की गलियों से गुज़रना पड़ता था।

घिन का लेवल और बढ़ गया। वह चीख उठी, "तुम तो चुप ही रहो, सदफ़। *हिपोक्रेट* हो तुम लोग। नेहा, इसे बुरा लगता है कि तुम राघव से बात करती हो। और सदफ़, राघव ने तुमसे झूठ बोला है की उसने 'वीड' पीना छोड़ दिया है..."

बोलते-बोलते आरोही रुक गयी।

"वट द फ़क एम आय डूइंग?" अंदर आवाज़ गूँज उठी।

उसके अंदर ज़हर दौड़ रहा था। इस वजह से नहीं कि लोगों को जीवन-मृत्यु की सत्यता का बोध नहीं, पर उनका साथ होना, उसे अंदर तक फूँक रहा था।

"I can't be cynical about the mundane anymore. I want the mundane. So bad."

अपनी दो कौड़ी की ईर्ष्या का एहसास होते शर्म की गठरी उसके सर पर लद गयी।

"आय एम सॉरी... सॉरी! मैं चलती हूँ," आरोही ने अपना बैग उठाया।

सदफ़ ने आगे बढ़कर उसके कंधे पर हाथ रख कहा, "इट्स ओके आरोही। आज यहीं रुक जाओ।"

नेहा ने उसे गले से लगाया और कहा, "सॉरी आरोही। I didn't mean to hurt you."

किसी ने उसे वापस ज़हर नहीं दिया। शर्म की गठरी का बोझ बढ़ता जा रहा था।

"नो...नो...आय एम... आय एम सॉरी," आँसुओं के बीच किसी तरह उसने मुँह से शब्द निकाले और वहाँ से निकल गयी।

...

सीढ़ियाँ चढ़ ही रही थी कि आशा आंटी से सामना हो गया। हाथों में पूजा की थाली थी।

औपचारिक मुस्कुराहट के बाद आंटी ने औपचारिक सवाल दागा, "कैसी हो बेटे?"

"ठीक," आरोही ने औपचारिक जवाब दिया।

"कुछ देना था तुम्हें। अंदर आओ," कह वह अंदर चली गयीं।

बुझे मन से आरोही अंदर आ सोफ़े पर बैठ गयी। टीवी पर कोई धार्मिक चैनल चल रहा था। वह सोचने लगी, "आज दिन कौन सा है? पक्का कहीं का प्रसाद होगा। इनका जीवन भी तो कबसे एक ही पैटर्न पर चलता आ रहा है। सुबह शाम पूजा-पाठ, सत्संग..."

"ये लो," आंटी की आवाज़ ने उसकी ट्रेन-रूपी सोच को लाल झंडी दिखायी। उनके हाथ में एक विज़िटिंग कार्ड था।

आरोही ने कार्ड लेते हुए उसपर नज़र डाली। लगा बिच्छु ने उँगलियों के पोर, अपने डंक से जकड़ लिए हों।

डॉक्टर वैशाली माँझी
क्लिनिकल साइकोलोजिस्ट

आरोही ने 'थैंक यू' की औपचारिकता नहीं निभायी। दोनों महिलाओं की आँखों ने जो गीला-संवाद किया, वो अनकहा था, लेकिन था स्पष्ट।

माहौल को हल्का करने के लिये आशा आंटी बोल उठी, "तुम लोग तो वैसे भी बहुत पढ़े लिखे हो, बेटा। सब पता ही होगा। ये बहुत अच्छी साइकोलोजिस्ट हैं। PTSD वगैरह होता है ना? इनके जाने के बाद मुझे इनके सेशंस से बहुत मदद हुई थी। तुम्हें लोग तो ज़्यादा जानते हो। ऐसे ही सोचा दे दूँ तुम्हें।"

PTSD: Post Traumatic Stress Disorder. किसी अप्रिय घटना के बाद उपजने वाला मानसिक विकार। आरोही को धक्का लगा। क्या पुनव के जाने के बाद उसकी हालत इतनी दयनीय थी कि आंटी तक देख पा रही थी? दुःख की अभिव्यक्ति जो हमेशा से उसके लिए बहुत निजी थी, क्या आज उसकी चमड़ी पर कपड़ों सी चिपकी हुई थी?

ऊपर आयी तो दरवाज़े के आगे मिज़ूकी बैठी थी। आरोही को देखते ही म्याऊँ-म्याऊँ कह उसके पैरों पर अपना सर रगड़ने लगी। जैसे उसके अंदर का अँधेरा वह भी देख पा रही हो।

बिल्ली को खाना दे वह सोफ़े पर बैठ गयी।

"मैं 52-हर्ट्ज़ व्हेल नहीं हूँ जिसे आज तक किसी ने नहीं देखा। किसी एक्वाटिक-जू के शीश-पिंजड़े में रखी गयी व्हेल हूँ। पारदर्शी दीवार के उस पार सब मेरा डूबना, मेरा गाना, मेरा चीखना, मेरा बिखरना, देख रहे हैं। दर्द फिर भी झेल लूँ पर दर्द के इस नंगेपन का क्या करूँ?"

पुनव का चश्मा आँखों पर चढ़ा वह एक बार फिर सीलिंग में आकृतियाँ ढूँढने लगी। आँखों में कोई भाव नहीं था, पर पानी निकलता जा रहा था। पानी की इतनी बर्बादी देख आँखों ने ख़ुद को मूँद लिया।

समुद्री जीव समुद्र का वह हिस्सा छोड़ भाग चुके थे, जहाँ भाले की नोंक, खिसियानी सी, अपना शिकार ढूँढ रही थी। आरोही जहाँ थी, बुत जैसी वही खड़ी रही। भाले से कुछ ही दूर पर थी। अचानक उसके शरीर में हरकत हुई। वह पहले पीछे गयी, और पूँछ हिलाती तीव्र गति से उस भाले के तरफ़ बढ़ी। गर्दन पर भाले की चोट लगते ही, ख़ून उसके शरीर से निकल, पानी में धीरे-धीरे लाल धुएँ

की तरह फैलने लगा। भाले पर अपनी गर्दन रगड़ते हुए जब आरोही की नज़र सामने पड़ी, वह चौंक गयी। वह समुद्र में नहीं, एक्वेटिक-ज़ू के शीश-पिंजरे में थी। सारे समुद्री-जीव शीशे के उस पार से उसे चीखता हुआ देख रहे थे। दायें-बायें, आगे-पीछे हो, वह ख़ुद को तब तक नोंक के हवाले करती रही, जब तक गर्दन सर से अलग ना हो गयी।

पिंजरे की रेतीली ज़मीन पर 52-हर्ट्ज़ व्हेल का सर और धड़ अगल-बगल पड़े थे...

अंत की शुरुआत

बस की खिड़की से घुसते हवा के छींटें, आरोही का मुँह गीला कर रहे थे। हवा का कोई भी स्वाद वह चख नहीं रही थी, जैसे किसी ज़िद्दी बच्चे के सामने सब्ज़ियाँ रख दी हो पर वह खाना नहीं चाहता। कश्मीरी गेट, दिल्ली से मनाली तक का सफ़र तय करने के बाद अभी वह भुंतर से बर्षेनी जाने के लिए हिमाचल रोडवेज़ की बस में बैठी थी। 12-13 घंटे लगातार सफ़र करने के बावजूद शरीर पर थकन की कोई शिकन नहीं।

होती भी कैसे? मन सुन्न तो शरीर भी सुन्न।

"इस बार तुम्हारे तुम्हारे बर्थडे पर हिमाचल चलें? कुल्लू में कहीं... तोश कैसा रहेगा?"

"जिस सफ़र को तुमने प्लान किया था, आज उसी पर निकल पड़ी हूँ। तुम्हारे बिना।"

बगल की सीट पर एक आदमी की गोद में काले रंग का पहाड़ी मेमना, आदर्श बालक की भाँति बैठा हुआ था। एकदम शांत। बस बीच-बीच में मुँह खोलता और बंद कर लेता।

"ज़िंदा है या मर गया? ऊपर से पता ही नहीं चलता कोई ज़िंदा है या मर गया," आरोही ने सोचा और खिड़की का पट घसीट कर बंद कर दिया। हवा से नम होता चेहरा जीवित होने का सबूत दे रहा थी और जीवन उसे अब चाहिये नहीं।

"कल, 15 अक्टूबर। मेरा जन्मदिन। तुम्हारे बिना मेरा आख़िरी दिन। कमिंग टू यू लव।"

बर्षेनी आते ही आरोही बस से उतरी और शरीर को भूख का एहसास हुआ। *"शायद इसीलिये शरीर का जीवित रहना इतना मायने रखता है। शारीरिक*

ज़रूरतें बनी रहें तो जीवित होने का अहसास बना रहता है," यह सोच उसने दायीं ओर स्थित ढाबे को देखा। उसी ढाबे पर उन दोनों ने साथ में परौंठे और मैगी खाये थे, दो साल पहले।

भूख मर गयी।

कंधे पर छोटा सा बैक्पैक रख वह चलने लगी। दो साल पहले बर्षैनी से तोश तक पक्की सड़क नहीं बनी थी। उन दोनों ने 5 किलोमीटर का सफ़र चल कर तय किया था। एक काले रंग का गद्दी कुत्ता उनके पीछे-पीछे हो लिया था। पुनव ने उसका नाम रख दिया था...

"उफ़्फ़!! बड़ी हिम्मत चाहिए उन जगहों पर अकेले जाना जहाँ कभी साथ गये थे। यादें अमृत हैं, यादें ज़हर हैं। ज़िंदा भी रखती हैं, और ख़ंजर भी भोंकती हैं। My memories have become serial killers. They fucking kill me again and again," उसे ग़ुस्सा आ रहा था। क्यों आ रहा था, ना उसे पता था ना उसने पता करने की कोशिश की। पाँच किलोमीटर के रास्ते में कुछ पाँच हज़ार यादें होंगी। हर मोड़, हर पत्थर, हर पेड़ से जुड़ी यादें दिमाग़ में भाँय-भाँय करने लगी। इन यादों को फ़ास्ट फ़ॉर्वर्ड करने के लिए उसने 100 रुपए की टैक्सी की। कुछ ही देर में टैक्सी, पहाड़ी सड़क के ऊपर किसी टॉय-कार सी दौड़ रही थी। देवदार के पेड़ों से झाँकती धौलधार की चोटियों ने बर्फ़ की टोपियाँ पहननी शुरू कर दी थी। मशहूर पहाड़ी गायक करनैल राणा के गाने फुल वॉल्यूम में चला, ड्राइवर उसकी लय से लय मिला रहा था। *"इस दिलडु निमाने ने क्या पाया, दिन राति दा भी चैन ग्वाया"* पीछे रखे वूफ़र से आती आवाज़ आरोही के कानों पर हथोड़े मार रही थी। पर उसे फ़र्क़ नहीं पड़ रहा था।

पड़ता भी कैसे? मन सुन्न तो शरीर भी सुन्न।

सामने एक चट्टान पर लिखा हुआ था, "सावधान, आगे तीव्र मोड़ है।"

टैक्सी चालक ने उस तीखे मोड़ पर भी ऐसी गाड़ी काटी जैसे एफ़-1 रेस में हिस्सा ले रहा हो।

"ज़िंदगी तीखे मोड़ों की वॉर्निंग नहीं देती," आरोही सोच ही रही थी कि संतुलन बिगड़ा और गाड़ी सीधे खाई में जा गिरी।

"यूँ होता तो कैसा होता! *ऐक्सिडेंटल* मौत कम विवादास्पद होती है," यह सोच उसने आँखें बंद की और सीट पर अपना सर टिका दिया।

तोश पहुँच कर जैसे ही वह टैक्सी से उतरी, स्वच्छ, ताजी हवा ने अपने दोनों हाथों से कस कर उसके गाल खींच लिये। आरोही झुंझला उठी। टैक्सी वाले ने पैसे लेने के बाद धीरे से पूछा, "मैडम जी, स्टफ़-स्टुफ़ तो नई लेणा?" आरोही को पता था, स्टफ़-स्टुफ़=चरस। उसने मुस्कुराकर 'ना' में सर हिला दिया। ड्राइवर ने बर्षेनी जाने वाले यात्रियों को अपने चार-चक्के के अंदर ठूँसा और चलता बना।

आरोही ने चारों ओर देखा। भांग के बाग़ानों से अटे, समुद्रतल से 7,900 फ़ीट ऊपर, पार्वती घाटी के सुदूर छोर पर बसे इस गाँव में समय जैसे आकर बेहोश हो गया हो।

उसने गाँव के अंदर जाने के लिए एक पुराना लकड़ी का पुल पार किया, फिर दायें मुड़ कुछ क़दम चली। आगे टी-पोईंट से एक रास्ता बायीं ओर जाता था और एक दायीं ओर। जब दोनों साथ में आए थे तो बायें मुड़े थे।

वह दायें मुड़ गयी।

स्कूल में बच्चे खेल रहे थे, कुछ चरवाहे अपनी भेड़ों के साथ बैठे थे और चिलम का दम भर रहे थे। किसी को कोई जल्दी नहीं, किसी को कहीं भागना नहीं।

थोड़ी दूर चलने के बाद उसे एक गेस्ट हाउज़ दिखा। 'पिंकी दीदी गेस्ट हाऊज़'। दो साल पहले वहाँ सिर्फ़ एक कैफ़े था। कमरा बुक करने के बाद आरोही सीधे अपने कमरे में चली गयी। आगे के कुछ घंटे लेट कर लकड़ी की सीलिंग को देखते हुए बिताया। शाम ढलते ही अचानक उसे अहसास हुआ, वह भूखी है। बहुत भूखी। खाना न खाया तो मर जाएगी। "मरना तो वैसे कल है ही, पर भूख से नहीं," आरोही उठी और दरवाज़ा खोला। ठंडी हवा की डाँट पड़ते ही रोयें खड़े हो गए।

लकड़ी की सीढ़ियों से नीचे उतर कैफ़े के अंदर जैसे ही पाँव रखा, अंदर जलते तंदूर के खम्बों से आती ऊष्मा ने कम्बल बन शरीर को ढाँक लिया। जैसे कबूतरी अपने बच्चे के ऊपर बैठ गयी हो। फुल वॉल्यूम में ट्रान्स संगीत चल रहा था और इंद्रधनुषी कृत्रिम लाइटें यहाँ-वहाँ थिरक रहीं थी। बैठने के लिए गद्दे बिछे थे। दरवाज़े के बायीं ओर वाली जगह एकदम ख़ाली थी। वह वहीं बैठ गयी।

उसने मेन्यू उठाया। ऊपर लिखा हुआ था, "Please don't smoke inside"। इस नियम का कितना पालन होता है, इसकी चुगली कैफ़े में फैला चरस-युक्त धुआँ और गद्दों के असंख्य छेद कर रहे थे। उसने एक 'मार्गरीटा पिज़्ज़ा' ऑर्डर किया और इंतज़ार करने लगी। दायें कोने में एक 25-26 साल का युवक, जिसका पहनावा और बोल-चाल उसके एनआरआइ होने की चुगली कर रहे था, आँख बंद किए संगीत पी रहा था। बीच-बीच में भौंहें सिकोड़ता फिर सर हिला देता। आरोही उसे देखने लगी। लड़के ने ख़ुद पर पड़ती नज़रें भाँप लीं और आखें खोल दी। माहौल में उपजी असहजता को लड़के ने एक मुस्कुराहट के साथ बैलेन्स किया और कहा, "*हाय! आय एम निक...निखिल।*"

"हेलो! आरोही।"

"व्हेयर आर यू फ़्रम?"

"डेल्ही," आरोही ने बस जवाब दिया। कोई सवाल नहीं किया।

"ओह! ग्रेट! द कैपिटल। आय एम फ़्रम पोलेंड। माय ग्रैंड्पा वज़ इंडियन..."

आरोही ने आगे कुछ नहीं पूछा। रसमी-ट्रैव्लर-वार्तालाप में वह पड़ना नहीं चाहती थी। आगे यही सवाल होंगे, क्या करते हो? कहाँ-कहाँ घूमे हो? यहाँ कब तक हो? इसके बाद कहाँ जाने का इरादा है? इन सवालों और जवाबों से अभी वह दूर ही रहना चाहती थी। फ़ोन ऊपर छोड़ कर आयी थी वरना उसी में मुँह घुसा लेती। उसने सोचा कैफ़े का एक रेखाचित्र बनाये पर कागज़ और कलम नहीं थे। उसने ऑर्डर लेने वाले लड़के को इशारे से बुलाया और पूछा, "भैया, पेपर होगा क्या?"

18-19 साल के लड़के ने अपनी छोटी-छोटी आँखों से उसे घूर कर देखा और पूछा, "पेप्पर? LSD चिये आपको?"

"अरे नहीं बाबा। पेपर मतलब कागज़। साथ में पेन भी," उसे हँसी आ गयी।

"ओह," लड़का सॉर खुजाते हुए हंस पड़ा, "यहाँ कागज-कूगज कौण माँगता है दीदी? रुको, लाता हूँ।"

कागज़-कलम मिलते ही आरोही ने आस-पास की दुनिया को खच्च से काट दिया और चित्र बनाने लगी। नेपथ्य में मशहूर रॉक-बैंड पिंक फ़्लॉयड का गाना चल रहा था,

How I wish, how I wish you were here
We're just two lost souls
Swimming in a fish bowl
Year after year
Running over the same ground
What have we found
The same old fears
Wish you were here

आरोही ने चित्र की आख़िरी रेखा खींचते मन ही मन कहा, "I so wish…I so so so wish."

बाल-पॉईंट पेन की रेखाओं पर अब कुछ आँसू चहल-क़दमी कर रहे थे। निखिल पर नज़र पड़ी तो उसकी आँखें बंद थीं, और कोनों से पानी गिर रहा था।

"दीदी, आपका ऑर्डर," लड़के ने प्लेट टेबल पर रखते हुए कहा।

आरोही ने जैसे ही प्लेट की ओर देखा, लगा जैसे सीने पर पत्थर बाँधकर किसी ने नदी में फेंक दिया हो। प्लेट पर सैंड्विच रखा हुआ था।

"सैंड्विच इज़ डन।"
"ग्रेट! कोल्ड कॉफ़ी भी बना दो ना यार प्लीज़।

थोड़ी देर के लिए होश में आयी भूख वापस कोमा में चली गयी। लड़के से बोलने का कोई फ़ायदा नहीं। 'स्टफ़-स्टुफ़' के प्रभाव में, यहाँ काम करने वाले अक्सर ऑर्डर में ऐसी गलतियाँ कर देते हैं। या यूँ कहें, हो जाती हैं। प्लेट सरका वह वहाँ से उठ ऊपर अपने कमरे में आ गयी।

सीना अभी भी किसी गहरी नदी में डूब रहा था। लकड़ी के बिस्तर के समुद्र में, चादर की लहरों के बीच, 52-हर्ट्ज़ व्हेल, दर्द से छटपटा रही थी।

"This pain has to end. I can't bear it. I just can't…"

अंतिम यात्रा

सुबह बिस्तर से उठते ही आरोही खिड़की के पास खड़ी हो गयी। सूरज की तेज़ किरणें, नाश्ते में धुँध को तेज़ी से निगल रहीं थीं। बाहर सब साफ़ था, एकदम उजला।

"हैपी बर्थडे लव," धीरे से फुसफुसा कर आरोही ने कस कर अपने गाल खींच लिये। आँखों में उमड़ते बादल उजाले को निगल गये। अंदर धुँध छा गयी, घुप्प अँधेरा।

फ़ोन ने मेसेज की सूचना दी। सदफ़ का मेसेज था, "हेप्पी बर्थडे स्ट्राँग वुमन। कहाँ हो? हम कब से फ़ोन लगा रहे हैं तुम्हें। हम जानते हैं तुम अपना ख़याल रख सकती हो, but we are still worried। अम्मू की तरफ़ से हग। call soon."

आरोही ने फ़ोन बंद कर दिया और बिस्तर पर लेट लकड़ी की सीलिंग को एकटक देखने लगी। सीलिंग बायोस्कोप का पर्दा बन गयी और तमाम दोस्तों और रिश्तेदारों की तस्वीरें एक-एक कर आती गयीं।

"धीरे-धीरे इनकी यादों में मैं धुँधली पड़ जाऊँगी। मौत से सब कभी ना कभी तो उबर ही जाते हैं," सोचते ही सामने लकड़ी की दीवार पर लगे आदमकद शीशे में अपना अक्स दिखा। उसने ख़ुद से मुँह फेर लिया।

अपनी मौत का समय मुक़र्रर किया: रात: 9.30

"चार महीने पहले, ठीक इसी दिन, इसी वक़्त तुम 'गये' थे, ठीक इसी समय मैं 'आऊँगी'।"

...

शाम के 6 बज चुके थे।

"अब निकलना चाहिए," आरोही ने सोचा। जिन पहाड़ों से कूदना है, थोड़ा समय वह उन पहाड़ों पर बिताना चाहती थी। पजामे की दायीं जेब में पॉकेट-टॉर्च रखी, और बायीं में पुनव का चश्मा।

नीचे कैफ़े जाकर बोली, "भैया, मेरा बिल बना देना।

"कल सुबे(सुबह) कर लेणा दीदी। कितणें बजे निकलोगे?"

"9.30 बजे," वह कहना चाहती थी पर उसने कहा, "जल्दी निकल जाऊँगी। आप बिल सेटल कर दो।"

बिल अदा कर वह निकल पड़ी, अपनी अंतिम यात्रा के लिये। पगडंडियों पर चलते-चलते दूर पहाड़ियों से निकल रही एक सड़क दिखी। सड़क ने वहीं से चिल्लाकर कहा, "भाग रही हो? दर्द बर्दाश्त नहीं हुआ? मुझसे भी ज़्यादा था क्या?"

आरोही सड़क को पलटकर जवाब देना चाहती थी कि यंत्रणा के क्षणों में दुःख बड़ा या छोटा नहीं होता है, अपना या पराया होता है। पर वह ख़ामोश रही।

"एक्सयूज़ मी..." 'अचानक' ने तंद्रा की पीठ पर ऐसा ख़ंजर मारा कि आरोही चीख पड़ी।

पीछे निक खड़ा था। वह अपनी चीख की पैरवी कर बोली, "स...सॉरी! आय वज़ लॉस्ट इन माय थॉट्स।"

"इट्स ओके। आप कहीं जा रे हो?"

"ऐसे ही वॉक पर।"

"मे आय ज्वाइन यू?"

आरोही ने अंदर 'ना' बोल 'बाहर 'हाँ' में सर हिला दिया।

कुछ देर चलने के बाद निक ने कहा,"में(मेरे) पास ट्रू एल॰एस॰डी स्ट्रिप्स हैं। यू वांट ट्रू ट्राई? कल आप बात कर रे ते(थे) ना?"

"अरे नहीं, वो बस एक ग़लतफ़हमी थी,"

"उम्म...ओके, सॉरी। I... I misunderstood."

'उस ओर' जाने से पहले 'इस ओर' में एक नये अनुभव की अनूभूति। यह विचार आते ही आरोही ने कहा, "वेल, मैंने पहले कभी ट्राय नहीं किया... आय वुड लाइक टू॥

दोनों वहीं एक चट्टान के पास खड़े हो गये। सूरज लाल बिंदी की तरह आसमान के माथे पर चिपका हुआ था। निक ने अपने वॉलेट से छोटे स्टैम्प के आकर के दो काग़ज़ निकाले और एक आरोही को दे दिया। काग़ज़ पर किसी कार्टून की रंग-बिरंगी छवि बनी हुई थी। निक ने उसे अपनी जीभ पर रख मुँह बंद कर लिया। आरोही ने उसका अनुसरण किया। जीभ से नसों तक का सफ़र एसिड ने कुछ सेकंड में तय कर लिया था। साँस तेज़ हो गयी, लगा रक्तचाप धौलाधार की चोटी पर चढ़ गया हो। लगा सर शरीर के अनुपात से इतना बड़ा और भारी है कि एक ओर लटक जाएगा, ठीक बेल्जियन वास्तुकार टॉमस लीरॉय की कलाकृति "नॉट इनफ़ ब्रेंस टू सरवाइव' जैसा।

"आर यू फ़ाइन?" निक था।

"हम्म," आरोही ने सर हिलाना चाहा पर नहीं हिला पायी।

"आगे चलें?"

"ओके," मन नहीं था फिर भी वह उस स्टेट से बाहर निकलना चाहती थी। आगे जाना तो था ही, अंत तक पहुँचने के लिये।

आसमान के माथे पर चमकती लाल बिंदी अब सफ़ेद हो चली थी। पहाड़ों में चांद ऐसे दिखता है मानो पड़ोस में रह रहा हो। हर एक चीज़ जो पूर्णिमा की रोशनी ओढ़ रही थी, मानो हाथी-दांत की बनी हो। चाँदनी और बर्फ़ की चाशनी में डूबी पहाड़ियों के साथ-साथ दोनों बिना कुछ कहे चलते जा रहे थे। लम्बी ऊबड़-खाबड़ पगडंडियाँ, सर पर तिरछी टोपी डाले लकड़ी के घर, बाड़ों में ऊँघती बकरियां, बेवजह डाँट पिला रहे गद्दी कुत्ते, जमदग्नि ऋषि का मंदिर... आरोही को सब वैन गोग की किसी पेंटिंग की तरह एक दूसरे में घुलते-पिघलते दिखायी दे रहे थे। अचानक पैरों के नीचे नज़र गयी तो लगा ज्वालामुखी का लावा उबल रहा हो, कड़ाही में खौलती रबड़ी की भाँति। आरोही बगल से निकल गयी।

सभ्यता अब काफ़ी पीछे छूट गयी थी। पहाड़ जब रात की चादर ओढ़ते हैं, चारों ओर एक अजीब सा सन्नाटा होता है, अकेलेपन में खौलता हुआ। जैसे इस दुनिया में और कोई नहीं, सिर्फ़ हम ही बचे हैं। अकेले, बहुत अकेले।

"व्हेल ने अपने एकाकी गीत गाने के लिये समुद्र को क्यों चुना? पहाड़ों को क्यों नहीं?" आरोही ने सोचा।

पहाड़ की चोटी ने दूर से जवाब दिया, "तुमने तो चुना ना?" अगले ही पल व्हेल समुद्र छोड़, विशाल पहाड़ों के बीचों-बीच अपने गीत गा रही थी।

"इदर रुकें?" नदी के किनारे आकर निक ने पूछा।

"हाँ," आरोही ने कहा और नदी की ओर देखने लगी।

"It is such a furious river," पार्वती की फनफनाती दूधिया लहरों को देख निक बोला।

"Maybe it's just sad. Very very sad," आरोही ने नदी को देखा। नदी उसकी ओर देख मुस्कुरा दी।

जैसे ही आरोही ने नदी के उस पार देखा, दबी सी चीख निकल गयी, "व्हाट द हेल? य...ये क्या?"

अंत से शुरुआत

"क...क्या हुआ? आर यू फ़ाईन?" आरोही की आकस्मिक-व्याकुलता से निक हिल गया।

आरोही ने ख़ामोशी से बस नदी के उस पार इशारा किया। चट्टान पर एक औरत बैठी थी। हुबहू उसके जैसी।

अपनी हमशकल की ओर इशारा कर उसने कहा, "वहाँ मैं ही बैठी हूँ। ख़ुद को देखे जा रही हूँ। प...पर मैं तो यहाँ हूँ।"

"OBE? वाओ! यू आर लकी," निक मुस्कुराया।

ओबीई मतलब आउट ऑफ़ बॉडी एक्सपीरिएँस। ऐसा होते समय एक व्यक्ति अपने भौतिक शरीर से बाहर निकल दुनिया को देखता है, ख़ुद को देखता है। साइकोएक्टिव ड्रग्स और ओबीई के बीच संबंध भले ही जटिल और विवादास्पद है, लेकिन साइकेडेलिक्स का अक्सर ओबीई से जुड़े होने का दावा किया जाता है।

आरोही को सेंटर ऑफ़ अटेन्शन बनने से कोफ़्त थी। पर यहाँ तो कोफ़्त का कारण भी वही थी, भोग्या भी वही। वह नहीं चाहती थी कि ख़ुद को इस तरह देखे। ख़ुद से आँखें हटाकर वह पार्वती नदी की दूधिया लहरों को देखने लगी। तेज़ भागती लहरों में असंख्य छोटी-छोटी व्हेल गोते लगा रहीं थी। कभी डूब रहीं थी, कभी बाहर आ रहीं थी। आरोही ने लहरों से नज़र हटा कर सामने देखा, इस उम्मीद में कि शायद अब उसकी हमशकल सामने ना हो। पर वह वहीं बैठी थी। उसे एकटक देखे जा रही थी।

अब आरोही को गुस्सा आने लगा। उसने नदी से कहा, "This is making me furious. Very furious."

"Maybe you're just sad. Very very sad," पार्वती ने जवाब दिया और अपनी लहरें लेकर आगे बढ़ गयी, वहीं खड़ी भी रह गयी।

आरोही चट्टान पर कमर के बल लेट गयी और आँखें बंद कर लीं। देवदार के पेड़ों के बीचों-बीच वह निर्वस्त्र खड़ी थी। कमर से नीचे का हिस्सा व्हेल का था, और ऊपरी हिस्सा इंसानों जैसा, किसी मर्मेड की तरह। सर के ऊपर, बींचो-बींच, एक विशाल गुड़हल का फूल उगा हुआ था। आसमान से एक लम्बा हाथ आया और उस गुड़हल के फूल को उखाड़ दिया। ख़ून के फ़व्वारे के साथ सर धड़ से अलग हो गया। अब ना सर हिल रहा था ना धड़। न दोनों को वापस जुड़ जाने की आतुरता थी, ना जीवन-चक्र पुनः चलाने की चाह।

बैड-ट्रिप से घबरा आरोही ने आँखें खोलीं और आसमान की ओर देखने लगी। अचानक उसे लगा आसमान धुँधला हो रहा है। उसने पलके झपकायीं। आसमान धुँधला नहीं हो रहा था, उसकी आँखों में बादल भरते जा रहे थे। गोल चाँद किसी साइकल-सवार की स्पीड से, दूर से पास आता गया, और उसकी आँखों में छुप गया।

पुनव माने पूर्णिमा का चाँद।

आरोही ने पुनः आँखें बंद कर लीं। जैसे अब वह इस चाँद को कभी बाहर नहीं जाने देगी।

"I want to kill myself."

आरोही की आँखें खुल गयीं। यह शब्द उसके मुँह से तो नहीं निकले। सामने देखा तो निक रो रहा था, बेतहाशा। मानो पार्वती नदी का पानी उसकी आँखों में जाकर वापस नदी में बह रहा हो।

"I don't want to live. माय गर्लफ्रेंड ब्रोक अप विद मी। आय रियली लव्ड हर। अबी किसी ओर के सात हे।"

उसकी आँखों से आँसू बहते ही जा रहे थे, "वाई डिड शी इट टू मी?"

आरोही ने मन ही मन उसपर दिव्य ज्ञान के लोथड़े फेंकने शुरू किए, "बस इतनी सी बात पर मरना चाहते हो? क्या फ़र्क़ पड़ता वह है या नही हैं? तुम तो हो ना? वर्तमान को गले लगाओ। एम्ब्रेस योर प्रेसेंस..."

तभी उस पार बैठी ख़ुद पर नज़र पड़ी। उस पार बैठी आरोही के होठों पर व्यंगात्मक मुस्कान तैर रही थी, "यन्त्रणा के क्षणों में दुःख छोटा या बड़ा नहीं होता, अपना या पराया होता है, वाले फ़लसफ़े का क्या हुआ?"

एक गहरी साँस छोड़ आरोही उठी और निक के सामने खड़ी हो गयी। उसे गले से लगा लिया। दोनों के आँसू एक दूसरे की विंटर जैकेट्स के कंधों पर रेंग रहे थे। पिछले चार महीने की सभी घटनाएँ आरोही की आँखों के आगे किसी फ़िल्म से चल रही थीं। पुनव का ठंडा हाथ, सड़क का दर्द, फुल क्रीम दूध का पैकेट, अम्मू का बर्थडे, सीलिंग की आकृतियाँ, पुनव को लिखे गये ईमेल्स और उनके जवाब...

देखना ही तो था, ख़ुद को। और देखते रहना था।

अब वह उस पार बैठी ख़ुद से नज़रें नहीं चुरा रही थी।

"एक बात बोलूँ। मानोगे?" आरोही ने निक के आँसू पोछते हुए कहा।

निक ने किसी बच्चे की तरह सर हिला दिया।

"ज़िंदा रहो। अगर तुम ज़िंदा रहोगे तो मैं भी ज़िंदा रहूँगी।"

दर्द से गुज़र रहे लोगों में एक अबोला भाईचारा होता है। निक ने उससे कोई सवाल नहीं किया। बस भीगे चेहरे को हाँ की मुद्रा में हिला दिया।

9.30 बज रहे थे। आरोही और निक वापस गेस्ट हाऊज़ जा रहे थे।

सुबह आरोही ब्रेकफ़ास्ट करने कैफ़े में बैठी और ऑर्डर दिया, "भैया एक वेज-सैंडविच,"

"...और एक कोल्ड कॉफ़ी।"

आरोही मतलब ऊपर उठना, आगे बढ़ना।

निकलने से पहले आरोही ने निक के कमरे के दरवाज़े के नीचे से एक नोट सरका दिया, 'Live through this pain, without getting bitter. Lots of love, Arohi.'

• • •

कुछ ही देर में वह तोश से बर्शैणी जाने वाले रास्ते पर थी, पैदल। पाँच किलोमेटर के ट्रेक में, पाँच हज़ार यादों के बीच से गुज़रती हुई वह एक जगह खड़ी हो गयी। नीचे खाई मुँह फाड़े खड़ी थी।

बैग में हाथ डाला और पुनव का चश्मा निकाला। चश्मे ने फ़ौरन सवाल दागा, "अब मुझे यहाँ पहाड़ों में फेंक दोगी क्या? ज़िंदगी में आगे बढ़ गयी का प्रतीक... वग़ैरह-वग़ैरह? सो क्लीशे!"

निर्जीव वस्तुओं में कभी जीवित रहे इंसान को ढूंढना मृगमरिचिका ही तो है।

उसने चश्मे को चूमा और कहा, "नहीं। ऐसा कुछ नहीं करूँगी। सब अंदर है। अंदर ही सब है।"

धीरे-धीरे पुराना सा कुछ वापस आ रहा था।

अगर बुरे परिवर्तन साउंड और लाइट की स्पीड से आ सकते हैं तो अच्छे परिवर्तन क्यों नहीं?

बर्शैणी में ढाबे पर मैगी का इंतज़ार करते हुये सदफ़ को मेसेज किया, "मैं ठीक हूँ! दिल्ली आकर मिलना है तुम सबसे। उस दिन के लिए सॉरी। बाक़ी बातें मिलकर करेंगे। अम्मू को बड़ा सा हग।"

बस में खिड़की के पास बैठ वह पहाड़ों को पीछे छूटते देखती रही, "मृत्यु को लेकर मेरी सहजता को तुम्हारी मृत्यु ने छिन्न-भिन्न कर दिया। I totally lost myself and now I have to find myself again. वैसे भी 52-हर्ट्ज़ दुनिया की सबसे अकेली व्हेल कैसे हो सकती है जबकि उसके पास वो ख़ुद है। और जब ख़ुद का साथ हो तो अकेलापन कैसा? ओल्ड एज होम जाकर अमृता प्रीतम और शुभा खोटे से मिलना है, बुआजी के पास भी रह आऊँगी थोड़े दिन... सदफ़, नेहा से भी मिलना है, मेरी और तुम्हारी कहानी भी तो लिखनी है। धीरे-धीरे करूँगी, कोई जल्दी नहीं।"

पिछले कुछ महीनों में यह पहली बार था कि वह अतीत की गलियों में भटकने के बजाय भविष्य के हाइवे पर सफ़र कर रही थी।

तभी उसे कुछ याद आया, बहुत ज़रूरी। बैग के पॉकेट में हाथ डालकर एक विज़िटिंग कार्ड निकाला और नम्बर सेव करने लगी:

'डॉक्टर वैशाली माँझी,
क्लिनिकल साइकोलोजिस्ट'

उपसंहार

पिंजरे की रेतीली ज़मीन पर 52-हर्ट्ज़ व्हेल का सर और धड़ अगल-बगल पड़े थे। एकाएक कटे हुए सर ने ज़मीन पर टप्पे खाने शुरू कर दिये। किसी फ़ुटबॉल की तरह उछल रहा था, कूद रहा था, धड़ से जुड़ जाने की आतुरता में। कुछ ही सेकंड बाद सर वापस अपने धड़ पर था। जीवन-चक्र पुनः चल चुका था।

व्हेल अपने गीत गा ही रही थी कि कानों में आवाज़ आयी, "ले आया दूध।"

आरोही ने आखें खोली। सामने पुनव खड़ा था। उसे झटका सा लगा। लगा जैसे पिछले 100 साल से वह समुद्र के गहरे तल में सो रही थी, अब जागी है। खुली आँखों से वह पुनव को देखती रह गयी।

"क्या हुआ? ऐसे क्यों देख रही हो?"

वह उठ बैठी। वाईन ग्लास के उदर में वाईन डाल सपाट लहजे में बोली, "तुम्हारी मौत के बारे में सोच रही थी, डिटेल में..."

"अच्छा, कैसे डील किया तुमने?"

"मत पूछो। कहा था ना, प्रेम में आज भले बुद्ध-सी स्थिरता हो, पर कल सिद्धार्थ-सी व्याकुलता नहीं हो सकती, इस बात की कोई गारंटी नहीं। ये सब छोड़ो, अब कोल्ड कॉफ़ी बना दो, "कह आरोही पुनव के गले लग गयी। पुनव ने कस कर उसके गाल खींच लिए। आरोही के साथ उसके हाथ में जकड़ा वाईन ग्लास भी चिन्हुक उठा। वाईन छलक कर पुनव के ऊपर गिरी और उसकी सफ़ेद शर्ट को थोड़ा-सा लाल कर गयी..."

...